SOLDADOS DO JAZZ

OS **HERÓIS NEGROS** DO HARLEM NA **PRIMEIRA GUERRA MUNDIAL**

THOMAS SAINTOURENS

SOLDADOS DO JAZZ

OS **HERÓIS NEGROS** DO HARLEM NA **PRIMEIRA GUERRA MUNDIAL**

CENTENÁRIO
1914
1918
PRIMEIRA GUERRA MUNDIAL

TRADUÇÃO DE
Fernando Scheibe

VESTÍGIO

Título original: *Les poilus de Harlem: L'Épopée des Hellfighters dans la Grande Guerre*

GERENTE EDITORIAL
Arnaud Vin

EDITOR ASSISTENTE
Eduardo Soares

ASSISTENTE EDITORIAL
Pedro Pinheiro

PREPARAÇÃO
Pedro Pinheiro

REVISÃO
Eduardo Soares

CAPA
Diogo Droschi
(sobre imagem "Le 369° RIUS au port de Hoboken, New Jersey, 1919". © Photo Quest / Getty Images)

DIAGRAMAÇÃO
Larissa Carvalho Mazzoni

Dados Internacionais de Catalogação na Publicação (CIP)
Câmara Brasileira do Livro, SP, Brasil

Saintourens, Thomas
Soldados do jazz : Os heróis negros do Harlem na Primeira Guerra Mundial / Thomas Saintourens ; tradução Fernando Scheibe. -- 1. ed. -- São Paulo : Vestígio, 2018.

Título original: Les poilus de Harlem : l'épopée des Hellfighters dans la Grande Guerre.
ISBN 978-85-54126-17-9

1. Estados Unidos. Army. Infantry Regiment, 369th 2. Guerra Mundial, 1914-1918 - História militar - Estados Unidos 3. Guerra Mundial, 1914-1918 - Participação dos afro-americanos 4. Militares afro-americanos - França - 1900-1945 I. Scheibe, Fernando. II. Título.

18-20017 CDD-940.4008996073

Índices para catálogo sistemático:

1. Guerra Mundial : 1914-1918 : Participação dos afro-americanos : Europa : História 940.4008996073
Cibele Maria Dias - Bibliotecária - CRB-8/9427

A **VESTÍGIO** É UMA EDITORA DO **GRUPO AUTÊNTICA**

São Paulo
Av. Paulista, 2.073,
Conjunto Nacional, Horsa I
23° andar . Conj. 2310-2312
Cerqueira César . 01311-940
São Paulo . SP
Tel.: (55 11) 3034 4468

Belo Horizonte
Rua Carlos Turner, 420
Silveira . 31140-520
Belo Horizonte . MG
Tel.: (55 31) 3465 4500

Rio de Janeiro
Rua Debret, 23, sala 401
Centro . 20030-080
Rio de Janeiro . RJ
Tel.: (55 21) 3179 1975

www.grupoautentica.com.br

Here are the young men, the weight on their shoulders
Here are the young men, well where have they been?
We knocked on the doors of Hell's darker chamber,
Pushed to the limit, we dragged ourselves in.
Joy Division, "Decades", 1980

Aqui estão os jovens, com o peso em seus ombros
Aqui estão os jovens, bom, por onde andaram?
Batemos à porta da câmara mais escura do inferno,
Impelidos ao limite, ali penetramos.

PRÓLOGO

"**SOMOS UMA NAÇÃO** – um povo – que se lembra de seus heróis..."

O presidente dos Estados Unidos da América pesa cada palavra, calcula cada respiração.

"Temos a responsabilidade de só enviar nossos homens à guerra quando isso é necessário. Esforçamo-nos para cuidar deles e de suas famílias quando voltam. Nunca esquecemos seu sacrifício... E acreditamos que nunca é tarde demais para dizer 'obrigado'. É por isso que estamos aqui nesta manhã."

Nesse dia 2 de junho de 2015, o Salão Leste da Casa Branca, ornado de cortinas douradas e de bandeiras estreladas, está cheio de veteranos uniformizados e de famílias em suas melhores roupas. A atmosfera é solene. Um pouco tensa, também.

O presidente Obama se prepara para honrar a memória de dois soldados da Primeira Guerra Mundial. Dois homens – um judeu, outro afro-americano – cujas façanhas não foram recompensadas até então com a mais alta condecoração militar americana: a Medalha de Honra. O sargento William Shemin e o soldado Henry Johnson vão receber nesse dia, quase um século depois de seus atos de bravura, o reconhecimento póstumo da nação.

Visivelmente menos descontraído do que de costume, Barack Obama narra a vida de Henry Johnson, herói da batalha da Floresta de Argonne. Conta também as provações cotidianas de um jovem negro americano no início do século XX, descendente de escravos que se tornou soldado, soldado que se tornou herói, herói que foi esquecido por todos, alguns meses depois de seu retorno triunfal a Nova York.

Sentada no meio do auditório, uma mulher vestida de preto e branco estremece a cada vez que é mencionado o nome do combatente. Tara Johnson sempre acreditou ser neta do soldado homenageado naquele dia. Um antepassado que deixou como legado a batalha de uma vida. Mas Tara não poderá receber a medalha hoje. Uma análise genética divulgada alguns dias antes indicou que Henry Johnson não teve filhos. O transtorno causado pela notícia é amenizado pela presença de todos os homens e mulheres que lutaram pela memória do soldado Johnson. Netos de oficiais brancos, deputados democratas e republicanos, militantes da causa afro-americana: todos formam uma multidão diante do presidente.

"Os Estados Unidos não podem mudar o que aconteceu a Henry Johnson", prossegue Obama. "Não podemos mudar o que aconteceu a inúmeros soldados como ele, que não foram celebrados porque seu país os julgava pela cor da pele, e não por seus atos. Mas podemos fazer nosso melhor para reparar isso."

Henry Johnson não vestia o uniforme americano em 1918 nas trincheiras de Argonne. Combatia ao lado do exército francês, com os *poilus*,* num regimento composto unicamente de soldados americanos rejeitados pelo exército de seu país.

"Henry Johnson foi um dos primeiros americanos a receber a mais alta distinção militar francesa. Mas sua própria nação não lhe deu

* Literalmente, "peludos": assim eram chamados os soldados franceses que lutaram na Primeira Guerra Mundial. Há controvérsias quanto à origem da expressão, mas a mais aceita está relacionada à ideia de coragem (*avoir du poil*, "ter pelo", é uma expressão que significa ser corajoso) e não à de não ter tempo para fazer a barba e cortar o cabelo. Daí o intraduzível título original deste livro: *Les poilus du Harlem*, ou seja, ao mesmo tempo "os corajosos" e "os soldados franceses" do Harlem. [N.T.]

nada – nem mesmo o Coração Púrpura,* e isso porque ele foi ferido 21 vezes. Nada por sua bravura", destaca ainda Barack Obama, antes de entregar a medalha, em sua moldura de vidro, ao sargento-mor Louis Wilson, representante da guarda nacional de Nova York, herdeira da unidade de combate do soldado Johnson.

Henry Johnson é apenas um dos heróis de um regimento esquecido. Um regimento que se ergueu no Harlem, à época da Primeira Guerra, para representar o orgulho do povo negro oprimido, para travar a batalha dos direitos civis integrando-se ao exército americano, apesar das humilhações e do racismo institucionalizado.

Esses soldados, esses *poilus* do Harlem, combateram em duas frentes: na primeira linha das trincheiras, junto aos soldados franceses; e contra a segregação da sociedade americana, reproduzida, como numa caricatura, dentro do exército americano. Talvez tenha sido antes de tudo para lutar contra esse inimigo interno, tão poderoso quanto os soldados do Kaiser alemão e capaz de se regenerar infinitamente, que eles se entregaram de corpo e alma a uma das guerras mais devastadoras de todos os tempos.

---

* Prestigiosa condecoração militar americana atribuída em nome do presidente dos Estados Unidos aos soldados feridos ou mortos em combate.

INVERNO DE 1917-1918

"O Velho 15°"

O DESEMBARQUE

ASSIM QUE O *POCAHONTAS* aporta em Brest, após uma tumultuosa travessia transatlântica, o coronel William Hayward convoca a artilharia pesada. Trompetes, saxofones, tambores, melofones e tubas são imediatamente tirados dos estojos pelos soldados músicos. Marinheiros e curiosos, agrupados no cais, se acotovelam para ver o chefe da orquestra, um maestro de porte atlético, elegante em seu casaco verde-oliva, com seus pequenos óculos redondos de tartaruga. O capitão James Reese Europe ergue a batuta e faz um sinal com a outra mão, devidamente enluvada: "Um, dois, três". Uma tempestade de notas ecoa no porto como apresentação ao povo francês. Eis o 15º regimento da guarda nacional de Nova York, também conhecido como "O Velho 15º".

O comitê de recepção fica paralisado no meio da ventania gelada. Nunca tinham ouvido semelhante barulheira. Mesmo para os bretões, acostumados ao som das bombardas, das gaitas de fole e das caixas, a música desse regimento vindo do outro lado do Atlântico é surpreendente. Alguns compassos flutuam no ar, num silêncio aturdido, antes que a melodia seja decifrada num murmúrio coletivo: "É a Marselhesa!". É de fato difícil reconhecer entre as explosões dos címbalos e o ratatá dos tambores as notas do pomposo hino nacional francês. O hino de um país exaurido, devastado pela guerra mais mortífera de sua história.

Os jovens nova-iorquinos desembarcam, no dia 1º de janeiro de 1918, numa terra que conta seus mortos aos milhões. O combate contra o Império Alemão, iniciado mais de três anos antes, chafurdou a França numa mistura de lama e de sangue. Os nomes das grandes batalhas, reivindicadas como vitórias efêmeras, viraram sinônimo de gigantescos cemitérios. Verdun (mais de setecentos mil mortos, feridos e desaparecidos), o Caminho das Damas (mais de trezentas mil vítimas), a ofensiva do Rio Somme (mais de um milhão e duzentas mil vítimas), Flandres (quase trezentas mil vítimas). Desertores e loucos; viúvas e órfãos. A Grande Guerra não para de fazer o coração da Europa sangrar.

Depois de uma breve fase dita "de movimento", os exércitos se mantêm paralisados desde o fim de 1914. A guerra de posição, com seu vocabulário, seus costumes e suas tragédias cotidianas, bloqueia o Mar do Norte até a fronteira suíça com lutas sangrentas por alguns metros de terreno, ganhados num dia, perdidos no outro.

Mas nesse ano 1918, o inimigo alemão parece prestes a se regenerar. As negociações de paz de Brest-Litovsk, iniciadas em 22 de dezembro de 1917 com a Rússia dos bolcheviques, põe fim às hostilidades na frente leste, permitindo uma reorganização do poder de fogo do Kaiser Guilherme II na frente ocidental. Todos os canhões estão apontados para a França. Paris, mais do que nunca, é a bola da vez.

Os grandes generais, seja qual for a cor de seus uniformes, sabem que, depois de três anos de massacres e numa situação territorial insustentável, decisões radicais devem ser tomadas. As estratégias desse inverno de 1918 decidirão o resultado de um conflito que já durou tempo demais. A política belicosa intransigente do presidente do Conselho Francês, Georges Clemenceau, então com 76 anos, não corresponde à sinistra realidade do exército francês. Tropas desfalcadas, massacradas, exaustas, que aguentam como podem. Assim como seu colega britânico David Lloyd George, Clemenceau tem os olhos voltados para os Estados Unidos. A salvação de sua aliança depende do engajamento imediato e maciço do exército americano.

O alto escalão Aliado teme que a grande ofensiva alemã que está prestes a ser deflagrada varra suas tropas antes mesmo de os americanos terem entrado para valer no combate. Pois faz meses que as respostas de Washington são lacônicas. "Nenhuma tropa será enviada antes de estar completamente treinada", repete inflexível Newton D. Baker, o secretário de Guerra dos EUA.

Oficialmente, no entanto, os americanos entraram na guerra em 6 de abril de 1917. A França comemorou o acontecimento, enchendo-se das estrelas e listras da bandeira dos Estados Unidos, mas o apoio efetivo dos "garotos" do presidente Woodrow Wilson continuava sendo adiado. Os estrategistas da Casa Branca não têm pressa. Asseguram seus interesses econômicos antes de dar a cartada militar. Desconfiam de um terreno de operações – as trincheiras – que não conhecem bem. Preferem conquistar primeiro a opinião pública e fortalecer seu exército antes de bancar os salvadores. Entre 6 de abril e 31 de dezembro de 1917, apenas 150 mil soldados americanos desembarcam na França. Destes, apenas uma minoria participou dos combates, uma ou outra pequena batalha, o suficiente para sofrer as primeiras perdas humanas no fim de outubro, perto de Lunéville. Esses reforços, que vão chegando em pequenos blocos desde o fim de junho, trabalham principalmente no suporte logístico. Portos de desembarque e estações são construídos, em Saint-Nazaire, Bassens ou Brest, para preparar a vinda de tropas mais numerosas que nunca chegam. O material é entregue, as obras, realizadas, mas na frente de combate, lá onde são realmente necessários, os *Sammies* – os enviados do Tio Sam – continuam invisíveis.

A partir de então, cada navio americano que aporta na Europa é recebido com as maiores esperanças. Os homens recém-chegados, tão bonitos em seus uniformes cáqui, de calças largas e grandes chapéus de cowboys, são esperados como salvadores potenciais.

O *Pocahontas*, surgido do nevoeiro na baía de Brest, não traz reforços como os outros. Exceto os oficiais de mais alta patente, todos têm a pele negra. Alguns são músicos, pelo menos uns sessenta. Mas não se ganha uma guerra soprando trompete. Trata-se de um regimento completo, composto de 1.949 soldados e 51 oficiais, que acaba de chegar à França. Um regimento vindo de Nova York para mudar o curso da guerra. E a história dos Estados Unidos.

A Marselhesa continua. Cada vez mais embalada. Os americanos terminam sob os "vivas" e os assobios de uma multidão instantaneamente convertida a essa nova música. Esses franceses nunca tinham visto negros americanos. Nem escutado essa música chamada "jazz". Mas o que também ignoram é que esse regimento que lhes traz esse novo som é uma tropa de verdadeiros guerreiros: homens lançados à guerra por uma América que não respeita sua cor.

***

Quando o arquiduque Francisco Ferdinando é assassinado em Sarajevo, em 28 de junho de 1914; quando, em seguida, as nações europeias se hostilizam e começam a declarar guerra umas às outras, o presidente norte-americano Woodrow Wilson transforma a Casa Branca num refúgio pacifista. O democrata segue a política isolacionista herdada da "doutrina Monroe", que datava de 1823.* Sua jovem nação não será a polícia do mundo, mas saberá aproveitar as demandas dos países em guerra para que suas indústrias e suas máquinas de fazer dinheiro funcionem a todo vapor. Nascido em Stauton (no estado da Virgínia), político frio de rosto austero e anguloso, Wilson prefere bancar o mediador, evitar sujar as mãos, manter-se longe da carnificina das trincheiras cujos ecos mortíferos perturbam pouco a pouco os congressistas e os generais. Prega a "neutralidade benfeitora" e segura a onda mesmo quando o navio *Lusitania* é afundado no Atlântico pelo torpedo de um submarino U20 alemão, em 7 de maio de 1915, matando 1.198 passageiros, 128 dos quais cidadãos americanos. Presidente de um país onde um a cada quatro habitantes nasceu no exterior ou cujos pais são originários dos dois blocos rivais, Wilson teme que uma guerra contra a Alemanha afete a unidade nacional.

* Promulgada em dezembro de 1823 pelo presidente James Monroe, essa "doutrina" estipulava que os Estados Unidos não se submeteriam à ingerência europeia em seu continente e que, em contrapartida, não se meteriam nos problemas do Velho Continente. Essa postura isolacionista (que não prejudicava em nada as trocas comerciais e financeiras) era ainda a base da política internacional estadunidense no início do século XX.

"Ele nos manteve fora da guerra": foi com esse slogan que Wilson se reelegeu – por pouco – em 7 de novembro de 1916. Mas a promessa eleitoral se torna cada vez mais difícil de manter. Sobretudo quando um telegrama interceptado pelos britânicos em janeiro de 1917 expõe o plano dos alemães de se aliarem ao México contra os Estados Unidos e lhe oferecerem como recompensa alguns estados americanos uma vez conquistada a vitória. E ainda mais quando os terríveis submarinos alemães decidem afundar, sem aviso prévio, qualquer navio mercante americano que navegue em direção à Europa.

Apesar de sua reputação de idealista, Woodrow Wilson sabe ser pragmático e fazer o necessário para se manter no poder. Pressionado pelos partidários da guerra até mesmo em seu próprio campo, reúne o Senado em 2 de abril de 1917 para formular sua declaração de guerra. Em 6 de abril, às 13h18, o Congresso aprova a entrada dos Estados Unidos no conflito por 373 votos a 50. Decisão que segue o espírito dos pais fundadores do país: é para "salvar a democracia" que os Estados Unidos entrarão na guerra.

Mas os EUA têm um ponto fraco: seu exército profissional conta com apenas 5.791 oficiais e 121.797 soldados.* Ou seja, o equivalente às perdas dos Aliados em alguns dias de combate durante as batalhas do Rio Somme ou do Rio Marne. O exército americano não participava de grandes conflitos desde a guerra hispano-americana de 1898; apenas algumas escaramuças contra rebeldes filipinos ou foras da lei mexicanos. Nada que se compare com a potência de fogo alemã. Faltam soldados ao exército, mas também armas e apoio logístico. Especialmente porque, para participar de um conflito de características modernas inéditas, uma formação especial se faz necessária. As inovações técnicas da Grande Guerra tornam obsoletas as aquisições do exército americano. Lança-chamas, gás, tanques, arame farpado por toda parte: nada disso faz parte, em 1917, do arsenal dos EUA.

Woodrow Wilson tem que agir rápido. Mobilizar em massa. Os talentos dos melhores publicitários são postos à prova para convencer a população a apoiar o esforço de guerra e se alistar. Belos anúncios

* A França, por exemplo, tinha mobilizado 3.580.000 homens em 1914.

pondo em cena elegantes homens brancos florescem nos jornais e nos outdoors. "Quero você para o exército americano", diz um patriota de barba branca, com uma estrela no chapéu. O "Tio Sam", desenhado por James Montgomery Flagg, está em toda parte, da Costa Leste à Costa Oeste. Mas apenas 32 mil voluntários respondem a seu chamado. É preciso recrutar mais, nem que seja na marra. Uma solução se impõe para formar um exército forte em tempo recorde: o serviço militar obrigatório com vistas a facilitar a incorporação das centenas de milhares de homens necessários ao sucesso da grande operação de salvamento da democracia.

Em 18 de maio de 1917, o Congresso promulga o *Selective Service Act*, "Ato de Serviço Seletivo". Seu texto obriga todo homem com idade entre 21 e 31 anos a se alistar na força de guerra. Um alistamento compulsório, sem possibilidade de revogação, dependendo apenas de simples testes de aptidão. Todo homem norte-americano deve se alistar no exército, qualquer que seja a cor de sua pele.

Esse Ato Institucional é fundamental. Ao impor o alistamento também aos cidadãos *de cor*,* os EUA, cuja ordem social repousa na segregação racial, abrem a porta para um exército em que negros e brancos coabitariam. Esse horizonte faz Wilson vacilar: ele, o racista apoiado pelos sulistas, no comando de uma Casa Branca lotada de homens brancos. O presidente e seus conselheiros pressentem o paradoxo. Precisam de soldados negros, isso é fato. Mas o recrutamento dos negros no exército parece incompatível com a doutrina "Jim Crow",** esse conjunto de leis que rege a sociedade nos estados do Sul discriminando, na prática, os afro-americanos. A sentença da

---

* Ao longo do livro, o autor faz alusão a expressões e termos utilizados por dirigentes e figuras históricas abertamente racistas e segregacionistas, que à época eram cotidianos e hoje entendemos como discriminatórios. Em nossa tradução, optamos por manter a carga semântica desses termos, não por julgá-los inofensivos, mas, ao contrário, para evitar mascarar o peso do racismo enfrentado pelos soldados, o que, aliás, é a intenção original do autor. [N.E.]

** A designação "Jim Crow" faz referência à canção "Jump Jim Crow" interpretada em 1828 por Thomas Darthmouth (ou melhor, TD "daddy" Rice), um ator branco com o rosto pintado de preto... Desse popularíssimo número dançado será retomada a denominação "Jim Crow" para designar os afro-americanos de maneira pejorativa e, posteriormente, o corpus de leis segregacionistas.

Suprema Corte no caso "Plessy *vs* Ferguson",* promulgada em 18 de maio de 1896, justifica a doutrina "*separate but equal*" [separado, mas igual], legalizando a cidadania com dois pesos e duas medidas. Proibidos de beber do mesmo filtro; de estudar nas mesmas escolas; de sentar nos mesmos bancos nos ônibus; de conviver com brancos no hospital, nas bibliotecas ou nas arquibancadas... Sem falar nas armadilhas administrativas que fragilizam os direitos civis dos negros. Esse *apartheid* ideológico-legal institui uma segregação prática, cotidiana, deixando poucos interstícios da vida social escaparem desse arsenal legislativo desenvolvido localmente. Um estatuto de seres inferiores que dá continuidade às humilhações do escravagismo meio século depois de sua abolição assinada por Abraham Lincoln.

O presidente Wilson, apoiado por um amplo espectro de parlamentares oriundos do "Sólido Sul", não consegue se imaginar colocando um fuzil na mão desses animais de carga. Também lhe parece inconcebível que um soldado branco obedeça às ordens de um oficial negro. De qualquer jeito, mesmo entre soldados, eles não poderiam se falar de igual para igual, nem se olhar nos olhos... Mas o que diriam os brancos enviados para as trincheiras se os negros fossem eximidos disso? O problema é tão básico quanto insolúvel: no país, os negros não são cidadãos como os outros. Incorporá-los ao exército poderia minar a própria base das relações sociais.

Dentro do Departamento de Guerra, a matemática se choca contra a política: em algumas semanas, o exército "peso-pena" aumenta. Os afro-americanos, que representam cerca de 10% da população do país, dirigem-se diligentemente aos testes de aptidão que lhes são reservados, representando 9,63% dos 2.290.527 cidadãos que se apresentam entre junho e setembro de 1917. Wilson e seus conselheiros precisam encontrar uma maneira de barrar essa incorporação que acarretaria uma mistura das cores impossível de controlar. A influência da ideologia racista sobre Washington garante assim a validação, vinda de cima, de um prolongamento da doutrina Jim Crow às fileiras do exército.

---

* Após um cidadão mestiço da Louisiana, Homer Plessy, ter se recusado a descer de um vagão de trem reservado aos brancos, em 7 de julho de 1892, as decisões da justiça (local e depois federal) o consideraram culpado e afirmaram o princípio da segregação.

A segregação aplicada ao uniforme. Desde os testes, os candidatos negros são dirigidos às unidades não combatentes. Postos hermeticamente separados das unidades de ação e da alta hierarquia.

Para melhor controlar esses recrutas indesejáveis, o secretário de Guerra, Newton D. Baker – um advogado originário da Virgínia Ocidental – contrata Emmett J. Scott, secretário da poderosa associação negra do Instituto Tuskegee (um centro de formação estabelecido no Alabama), como conselheiro especial. Esse filho de escravos texanos é discípulo do influente líder negro Booker T. Washington, morto em 1915, que defendia a aceitação da segregação em troca de possibilidades de ascensão social dentro dos limites legais. Emmett J. Scott, o negro que ocupa um cargo mais influente na administração dos EUA, faz sua a ideia de segregação dentro do exército. Sua missão é acompanhar de perto as reivindicações dos negros. Ficar de olho neles, mantê-los sob controle e dissuadir qualquer aspiração rebelde.

Uma amostra desse exército discriminado, com limites e regras estritas, é testada no Fort des Moines, em Iowa. É nesse antigo estábulo, afastado da imprensa, que o governo inaugura um campo de treinamento reservado aos oficiais negros, em junho de 1917. Aí também as regras do jogo são adaptadas. A idade mínima para participar é de 40 anos (em vez de 25) a fim de eliminar as boas cabeças recém-diplomadas na universidade e desencorajar as carreiras longas. Os chefões do exército elaboram um programa de treinamento prolongado, com exercícios ainda mais difíceis do que os dos fuzileiros, sem nenhuma lógica de progressão nem perspectivas de evolução para candidatos vindos das melhores universidades do país. A experiência é um fiasco. Dos 1.250 candidatos, apenas 639 se formam e só 106 obtêm o posto de capitão... O intransigente general Charles C. Ballou, comandante do campo, se diverte dissuadindo os aspirantes, muitos dos quais desistem antes de chegarem ao fim de uma formação exaustiva. Cumpre assim as exigências do exército: limitar os negros a 2% dos oficiais e minimizar seu papel nos terrenos de operações. Como recompensa, será promovido a major-general.

O uniforme não protege dos males da América racista. Os aprendizes de soldados afro-americanos não precisam esperar a chegada ao leste da França para comer o pão que o diabo amassou. Descobrem, já nos primeiros dias de treinamento, um inimigo interno tão feroz quanto os alemães, e cheio de ressentimentos. Provocações, humilhações e agressões físicas são perpetradas pelos soldados brancos contra seus semelhantes de pele escura. Esses episódios, que ocorrem em todo o território, ganham repercussão nacional quando, em agosto de 1917, o 3º Batalhão do 24º Regimento de infantaria, mais conhecido como "Buffalo Soldiers", se instala no Acampamento Logan, no coração do Texas segregacionista, perto de Houston. Encarregados da vigilância desse campo de treinamento ainda em construção, eles são, já nos primeiros dias, confrontados com várias agressões racistas. Após a prisão de um dos membros do batalhão, que prestou socorro a uma mulher negra que estava apanhando de dois policiais brancos, 156 soldados se amotinam. Pegam em armas e lançam uma operação de vingança que dura uma noite inteira e termina em confusão e num banho de sangue: dezesseis mortos. No dia seguinte é decretado estado de emergência na cidade. Os soldados são desarmados e o batalhão é transferido para o Novo México. A corte marcial age rapidamente. Cento e dez soldados negros são considerados culpados de incitação à sedição, e dezenove deles são enforcados. Os dois oficiais brancos envolvidos no caso são perdoados. Esse acontecimento serve de justificativa à segregação dos soldados negros, confinados a funções subalternas.

Quando a maioria dos recrutas negros é integrada aos campos de treinamento, no outono de 1917, recebe um tratamento "muito especial". Sua alimentação é pior que a dos brancos; seus uniformes, de segunda mão – datando por vezes da Guerra de Secessão –; eles são empilhados nos alojamentos mais inóspitos e submetidos a testes arbitrários de analfabetismo que permitem justificar sua posição de soldados de última classe. O próprio Emmett J. Scott fornece um retrato deprimente desses jovens recrutas: "Eles ofereciam um espetáculo impressionante. Chegavam às centenas nas plantações de algodão e de milho, ou nos distritos mineiros e de extração de madeira – amedrontados, com o passo lento, os ombros curvados, frequentemente mirrados, temerosos, ignorando quase completamente o motivo pelo qual estavam sendo reunidos e talvez nem mesmo se preocupando com isso".[1] Entretanto, os formados em Fort des

Moines e os veteranos das guerras hispânicas trabalham como instrutores improvisados. Com exercícios intensivos em cursos noturnos durante cinco meses, os moradores dos vilarejos e das periferias das metrópoles se transformam em soldados. Soldados que, em muitos casos, não apenas aprendem a lutar, mas também a ler e escrever.

A solução mais cômoda, adotada pelo Departamento de Guerra, é dirigir as tropas *de cor* para o Serviço de Aprovisionamento (SOS, do inglês *Service of Supply*), espécie de exército nas sombras que tem a função de assegurar o abastecimento das outras tropas. Essa incorporação especializada cria um exército de carregadores, cozinheiros, faxineiros, cantoneiros e outros servidores. Um proletariado 30% negro, mais força de trabalho do que força de combate, confinada em maior parte ao próprio território americano. Apenas 10% dos cerca de 370 mil soldados afro-americanos alistados colocarão o pé na Europa.

Nem todos os recrutas negros têm o mesmo histórico. Enquanto o Sul continua atolado na doutrina Jim Crow, com suas violências recorrentes e o reinado da Ku Klux Klan, um êxodo rural maciço se opera em direção às cidades do Norte do país desde o início do século. Centros industriais necessitados de mão de obra recebem aqueles que preferem fugir dos campos. Os negros deixam as plantações pelos abatedouros de Chicago, as indústrias mecânicas de Michigan, as metalúrgicas de Ohio... Novos habitantes das cidades se reagrupam, se reencontram, mudam de perspectivas à sombra dos arranha-céus ou do Capitólio. O poder central é visível. Inacessível, por certo, mas uma *intelligentsia* negra está em formação, mobilizada tanto pelas lutas econômicas e sociais quanto pelas grandes causas mundiais. Os novos líderes da causa afro-americana não podem deixar passar a oportunidade de uma guerra mundial para mobilizar seus membros e dar visibilidade às suas reivindicações.

O engajamento da comunidade negra nessa guerra distante, no seio de um exército segregacionista, nada tem de unânime. Derramar o próprio sangue para defender os valores de um país abertamente racista, que triste ironia! – é o que argumenta a influente revista do Harlem, *The Messenger*, que prega a "total abstinência" dos negros no conflito. O *Guardian* de Boston, por sua vez, insiste que as leis racistas devem ser abolidas antes que os negros vistam uniformes. Outros, cada vez mais numerosos e influentes, afirmam, ao contrário, que se deve responder ao chamado da pátria. Que um engajamento maciço dos cidadãos negros provará sua lealdade, sua responsabilidade, sua bravura. Uma "boa guerra" dará força a suas reivindicações de igualdade. As duas principais associações afro-americanas, a Associação Nacional para o Progresso de Pessoas de Cor (NAACP) e o Instituto Tuskegee chegam a um consenso: é melhor participar do esforço de guerra, mostrar interesse pelo futuro da nação, assumir um papel ativo de patriota, não tirar o corpo fora. Os ganhos virão na volta.

A NAACP, cujo objetivo é promover a igualdade dos direitos sob a égide do carismático historiador W. E. B. Du Bois, mostra-se reticente quanto ao engajamento militar, mas quer aproveitar a ocasião para mobilizar os negros e fazê-los subir na hierarquia. O influente editor do jornal *The Crisis* se dirigirá assim a suas tropas num editorial intitulado "Closed Ranks" [Fileiras cerradas], publicado em julho de 1918: "Já que essa guerra se prolonga, esqueçamos nossas desavenças individuais e cerremos as fileiras, apoiemo-nos mutuamente, com nossos concidadãos brancos e as nações aliadas que combatem pela democracia". A NAACP interpela o presidente, fazendo referência ao discurso em que justificou a entrada na guerra "para tornar o mundo seguro para a democracia", argumentando que ele devia antes "tornar a América segura para a democracia".

Mas alguns não esperaram o surgimento dos cartazes do Tio Sam nem o *Selective Service Act* para se engajar na guerra pela democracia. As unidades da Guarda Nacional, composta de voluntários dos diferentes estados, estão alertas. Entre essas milícias pioneiras, um grupo de homens se antecipou: o 15º Regimento da Guarda Nacional da cidade de Nova York, apelidado "O Velho 15º".

Os recrutas da Tabacaria

Um grupo de jovens caminha pelas ruas do Harlem, carregando orgulhosamente cabos de vassoura sobre os ombros, como se desfilassem armados de fuzis de combate. Nesse verão de 1916, os arredores da Lenox Avenue são um quartel a céu aberto. "Estão recrutando". O recado é passado das salas de jogo aos salões de beleza, das barbearias às arquibancadas dos jogos de beisebol. Recrutam-se soldados. A armaria improvisada foi instalada no porão do Lafayette Theatre, na esquina da 7th Avenue e da 132nd Street. Bem no coração do bairro das danceterias. Esse lugar, simplesmente apelidado de "a esquina", se tornou o quartel-general de uma milícia em formação. Ali em frente, sob os pesados galhos de um olmo, batizado de "a árvore da esperança", os candidatos contemplam esse recrutamento teatral e falam de batalhas distantes em terras imaginárias. Como uniforme, nada de cáqui: o azul dos macacões dos operários, o branco das camisas imaculadas dos garçons e o vermelho dos casacos dos porteiros. Alguns elegantes de sobretudo, quepe ou chapéu na cabeça, bandeira americana na mão, vêm também desfilar nos arredores da "esquina". A dois passos dali, os fundos de uma tabacaria servem de centro de recrutamento. O que está em jogo é a formação da 15ª unidade da Guarda Nacional de Nova York.

Uma unidade *de cor* – unicamente composta de homens negros –, como estipula o decreto que a originou em 29 de junho de 1916.

Já fazia três anos, contudo, que essa unidade estava constituída no papel. A elite de um bairro do Harlem vinha se tornando, mês após mês, o epicentro das reivindicações afro-americanas, o que fez da criação de uma milícia um dos pilares do reconhecimento da comunidade. Ainda mais porque, com o espectro de uma guerra mundial pairando, as guardas nacionais têm a vocação de desempenhar os principais papéis. No momento em que Wilson declara guerra contra a Alemanha, cerca de 168 mil homens estão inscritos nessas milícias à disposição dos estados, em sua maioria sem treinamento regular nem equipamentos dignos da guerra moderna que está sendo travada do outro lado do Atlântico. Além do alistamento obrigatório, é com esse embrião de defesa nacional que os chefes militares contam para dispor de unidades coesas e prontas para o combate.

O hipotético regimento do Harlem tinha um líder autodesignado desde 1912: Charles Fillmore, um advogado negro de 50 anos, de cabelo grisalho e cavanhaque, membro do Departamento do Tesouro e veterano das guerras hispano-americanas. Esse major vindo de Ohio, amigo do barbeiro Georges Myers, cujo salão é frequentado pelos figurões do Partido Republicano – que ali fazem e desfazem carreiras –, compreende que deverá mobilizar não apenas o povo, mas também os deputados para realizar seu sonho. Fillmore cola cartazes, participa de reuniões públicas até na Pensilvânia, defende sua causa, em troca de votos junto aos líderes políticos do estado. Homem altivo, permanece um coronel virtual. Embora encontre apoio nas reuniões eleitorais, os dois projetos de lei que deveriam fazer nascer seu regimento permanecem letra morta. Ninguém ousa assinar a criação de uma milícia composta de homens negros. Ainda mais dirigido por um deles. Aos 50 anos, seu sonho vai se apagando... Até o momento em que um branco vindo do estado do Nebraska compra a briga dessa figura da elite negra do Harlem.

William Hayward, advogado, 40 anos, republicano, tinha sido promovido ao posto de coronel da Guarda Nacional do Nebraska por seus serviços durante a guerra hispano-americana de 1898. Mas uma estrondosa derrota eleitoral o fez trocar o Centro-Oeste por

Nova York, em 1910, trazendo mulher e filho. Diretor de um bem-sucedido escritório de advocacia, bem-apessoado, atlético e simpático, Hayward participa dos círculos políticos. Pouco a pouco, vai se aproximando do poder. Torna-se assistente do procurador Charles Whitman, é nomeado diretor da campanha republicana para o governo do estado e, em seguida, conselheiro especial do candidato eleito.

Hayward gosta de desafios. É um homem ambicioso que acredita que em matéria de amizade e de negócios não existe essa "linha divisória da cor" que separa os negros dos brancos. Em 6 de junho de 1916, "Big Bill" – como era chamado – convence seu patrão a deixá-lo formar e dirigir esse famigerado regimento *de cor* contando-lhe suas experiências com soldados negros em Cuba durante a guerra hispano-americana. Hayward destaca também as façanhas do 10º Regimento de Cavalaria *de cor*, que desmantelou as tropas do revolucionário mexicano Pancho Villa, em Carrizal, na mesma época. E ainda lembra como os Buffalo Soldiers, uma tropa composta de cavaleiros afro-americanos, mostraram seu talento e sua bravura já na Guerra de Secessão. Essa decisão representa, para Charles Whitman, a oportunidade de reforçar sua posição de líder republicano, garantindo o apoio dos eleitores negros, cada vez mais numerosos em sua circunscrição.

Enquanto as notícias da Europa atestam uma carnificina em grande escala, os promotores do "15º" correm contra o tempo. É preciso recrutar ao menos dois mil homens o quanto antes para poder ser considerado oficialmente um regimento de acordo com os critérios do exército americano. É preciso formar esses novatos, que, quando muito, sabem usar os punhos. Para tanto, ao mesmo tempo que trabalha no recrutamento, Hayward circula entre os clubes de tiro e as guardas nacionais vizinhas para conseguir, a preços módicos, armas e outros materiais de ação. Sobretudo, o advogado tenta a sorte nos banquetes e encontros mundanos. "Big Bill" troca o uniforme militar pelo smoking. Bate na porta da elite do Harlem atrás de subvenções, já que as verbas públicas não bastam para vestir nem para alimentar seus voluntários. Gravita ao redor das famílias ricas, dos poderosos, para pedir, com estilo, recursos destinados a fornecer a seu regimento de opereta um equipamento digno do exército. Jogando com a ameaça de um mundo em equilíbrio instável, e lisonjeando os valores progressistas de seu auditório, revela-se um eficaz levantador de fundos. A *intelligentsia* nova-iorquina, tanto a negra quanto a branca, vê na incorporação dos recrutas *de cor* um avanço social e uma chance de levar adiante seus interesses pessoais.

Para corresponder à exigência de Whitman e aos critérios ditados por Washington, os oficiais de alto escalão serão brancos. A seleção exige astúcia e persuasão. Hayward deve convencer seus alvos a aceitarem o risco de repetir a lógica de dominação racial, sabendo ao mesmo tempo se fazer apreciar e obedecer pelos soldados. Fazer de conta que a cor da pele não existe, mas manter uma hierarquia militar que, na prática, não deixa de ser um espelho das discriminações reais. Homens progressistas, experientes, acreditados, mas também jovens audaciosos respondem ao seu chamado. O primeiro deles é um jovem oficial de sucesso. Hamilton Stuyvesant Fish III, 28 anos. Um protótipo do homem apressado, filho de boa família em que a política é um gene que se transmite de pai para filho (avô, Hamilton, governador de Nova York; pai, Hamilton II, congressista). Ativo nas "redes sociais" da época, Fish participou da criação de um clube de cavalheiros, a Associação de Campo de Treino Militar, espécie de organização de escoteiros para a alta sociedade onde são louvados os valores de camaradagem viril e de preparação para a ação militar sem perder o senso da classe nem dos negócios. Entre os membros desse círculo seleto, o ex-presidente Theodore Roosevelt, o secretário da Guerra Elihu Root e o ex-comandante da equipe das forças armadas Leonard Wood. "Ham Fish" carrega o brasão de Harvard, onde se forma em tempo recorde e brilha – com seus 1,93 metros e seus 91 quilos – como capitão e melhor jogador da equipe de futebol americano da universidade, chegando a considerar a possibilidade de uma carreira profissional na posição de bloqueador ofensivo. Um vencedor que também quer ser o primeiro no exército sem ter que esperar seu cabelo embranquecer. Essa arrogância o prejudica quando tenta se tornar capitão diante de um júri composto justamente por velhinhos que esperaram muito tempo para obter suas medalhas. Deixa a sala inconformado, com o posto de "vice-capitão". Um grande fracasso para ele. Hayward, sempre bem informado, propõe uma barganha ao jovem cuja ambição tinha sido contrariada. Se entrar para o 15º, será promovido a capitão. Ham Fish aceita na hora. E eis que o atleta de Harvard vem para o Lafayette Dancehall, no coração do Harlem, no início de maio de 1917.

Movidos pela busca de uma consagração militar indispensável a um desígnio político, e por um sincero espírito de abertura, 48 oficiais brancos resolvem aderir ao projeto meio maluco do coronel Hayward. Além do exuberante Ham Fish, outras personalidades fortes se destacam no organograma. O tenente-coronel Woodell Pickering, 37 anos, ex-fuzileiro, nascido no estado de Washington, é nomeado vice-comandante. Ele será o homem de confiança do chefe. Lorillard Spencer Jr., 32 anos, dirigente gordinho dos escoteiros dos Estados Unidos e conselheiro militar do governador Whitman, é nomeado major. Arthur W. Little, 43 anos, capitão. Esse puro nova-iorquino, oriundo da burguesia branca, muito envolvido na vida pública local, já é membro de outra unidade da Guarda Nacional. É também o influente editor do *Pearson's Magazine*, em que foi publicada em 1897 a novela fantástica *A guerra dos mundos*, do autor inglês H.G. Wells.

Apenas seis oficiais são negros. O primeiro deles, o venerável Charles Fillmore, obtém como parco consolo um posto de capitão. Embora os homens o apelidem afetuosamente "pai do regimento", ele tem dificuldade em engolir seus rancores. O segundo capitão negro é um personagem carismático e complexo. Napoleon Bonaparte Marshall, 41 anos, corredor campeão nas categorias de meio-fundo em Harvard, advogado em Wall Street, democrata, mas crítico virulento das leis Jim Crow, está convencido de que a constituição de corpos de exército de homens *de cor* é uma condição preciosa para seu reconhecimento na sociedade.

Essas duas figuras influentes são apoiadas por um punhado de outros membros da *intelligentsia* do Harlem, homens ao mesmo tempo bem de vida e envolvidos nas lutas sociais. Enquanto isso, os suboficiais "não nomeados", também negros, serão úteis para fazer as ordens passar, como correias de transmissão, a fim de evitar uma oposição direta demais entre chefes brancos e soldados *de cor*. Na escala de um regimento, a aposta de Hayward constitui uma experiência social inédita.

***

O porão do Lafayette Theatre fica muito pequeno para alojar os soldados aprendizes. Casas abandonadas, outras danceterias e fundos de lojas passam a receber também os novos voluntários. Esses recrutas, de todos os gabaritos e de todas as origens sociais, que desfilam sem botas nem fuzis, são pioneiros, apesar de seu jeito de bonecos desengonçados. Boxeadores, jogadores de beisebol, mas também pequenos gângsteres, traficantes e delinquentes de todo tipo afluem, ao lado de um sólido contingente de advogados, professores e outras figuras intelectuais como Vertner Tandy, formado na Universidade Cornell e primeiro arquiteto negro registrado no estado de Nova York.

Muitos recrutas são retirantes recém-chegados dos estados do Sul atrás de trabalho nas grandes metrópoles do Norte (especialmente Nova York), em pleno desenvolvimento industrial. É assim que cerca de sessenta mil afro-americanos vivem em Manhattan no início de 1916, cinquenta mil dos quais no Harlem. Entre eles, uns duzentos veteranos do exército e da Guarda Nacional são os recrutadores oficiais do coronel Hayward.

A cifra de 1.378 homens, ou seja, o limite mínimo para um regimento em tempos de paz, é atingida em 8 de abril de 1917. "O Velho 15º" toma então como símbolo e apelido a cobra cascavel. Essa cobra, associada ao lema "*Don't Tread on Me*" [Não pise em mim], tinha sido adotada por Benjamin Franklin e os liberais durante a Guerra da Independência. Um símbolo dos mais americanos, evocação de um animal que, quando se sente ameaçado, sabe atacar numa fração de segundo e infligir uma picada mortal.

À medida que a guerra se aproxima, o recrutamento se intensifica e se estende aos bairros vizinhos, de maneira que o regimento é dividido em três batalhões de quatro companhias cada um, de acordo com um critério geográfico. O primeiro batalhão é composto exclusivamente de homens de Manhattan; o segundo, de recrutas vindos do Brooklyn (principalmente do bairro de Williamsburg); e o terceiro mistura rapazes do Bronx e de Manhattan.

O "Velho 15º" logo conta com seu lote de celebridades. Verdadeiros anúncios ambulantes para o Tio Sam. Recrutas fundamentais para Hayward: são eles que servirão de propaganda, que serão reconhecidos durante os desfiles e despertarão nos outros o desejo de pertencer ao regimento. Alguns são estrelas do esporte. A Liga Negra de beisebol, muito popular, fornece o admirável centro dos Lincoln Giants, Spottswood Poles, 29 anos, 1,73 m, cujas incríveis tacadas e corridas entre as bases fazem os fãs se levantarem. Outra celebridade é George "Kid". Um boxeador espetacular, de charuto no canto da boca e chapéu coco inclinado para o lado. "Kid" fez seu nome como parceiro de treino de Jack Johnson, campeão peso-pesado cujo nome será usado alguns meses mais tarde para batizar os mais poderosos obuses alemães.

O capitão Arthur Little, editor patriota, nota na multidão dos aprendizes de soldado alguns garotos com físico de montanha. E resolve torná-los sua guarda pessoal. O sargento Bayard está entre eles: esse grandalhão de modos truculentos é um frequentador dos tribunais. Não como advogado, e sim como acusado de assassinato, liberado a cada vez com a justificativa da legítima defesa.

Mas nem todos os recrutas têm esse pedigree. Nos dias que se seguem à oficialização do *Selective Service Act*, no fim de maio de 1917, os adolescentes invadem o exército. A maioria com 18 anos, exceto trapaceiros como Hannibal Davis, 15 anos segundo a certidão, mas 18 de acordo com ele próprio, quando estufa o peito diante dos recrutadores da Tabacaria, juntando-se assim a seus três irmãos na lista dos aceitos. Pouco mais tem Needham Roberts, filho de um pastor da Igreja Metodista de Trenton, que largou a escola para trabalhar e que consegue ser aceito em sua segunda tentativa. Já Henry Johnson é um franzino carregador de malas da estação Albany, jogador de dados inveterado e muito dado a rabos de saia. Horace Pippin parece até velho com seus 29 anos. Já fez um pouco de tudo: carregador de hotel, vendedor de roupas usadas, mineiro, metalúrgico... Acima de tudo, esse jovem devoto tem paixão pela pintura, desde criança. Passa o tempo todo registrando sua vida em desenhos e não deixará de levar seu caderno e seus lápis na grande viagem.

O clima entre os recrutas é bastante calmo. Raros são os agitadores. Apenas um "bolchevique" surrado pelos sargentos por ter tentado desmoralizar a tropa. Aqui, todos vêm atrás de uma experiência de vida, uma aventura. O exército não faz muitas perguntas. Promete um pagamento fixo e ação. Cada um tem suas razões, reunidas em torno de uma vontade comum: formar um corpo e, juntos, combater pela liberdade. Mostrar o orgulho de ser negro. Os mais engajados sonham em lutar pela democracia e pela liberdade dos povos. Os questionamentos e os debates de fundo não deixam de estar presentes nesse regimento atípico. Lutar sob a bandeira de uma nação racista? E ser pau mandado de um punhado de brancos de boa família? Será essa a solução certa para se emancipar? O mundo estará mesmo ameaçado, a "democracia em perigo", como diz Woodrow Wilson? Mas, para vários militantes do Harlem, a criação do regimento é uma vitória contra um congresso democrata que odeia negros. Um pé na bunda do racista Wilson que parece temer mais os regimentos negros do que a própria entrada na guerra.

O fato é que, por enquanto, a guerra continua sendo algo distante, sobre a qual só se recebem informações fragmentadas e deturpadas pelo "telefone sem fio". Tem os tais dos alemães, os "hunos", vagamente mitificados como gigantes saídos de um livro de contos de terror. Fala-se em países devastados e em chamas. Os jornais que passam de mão em mão descrevem um inferno surrealista. Soldados queimados com lança-chamas; outros mortos por ataques de gás. Metralhadoras gigantes que matam os homens às centenas. Cadáveres que se amontoam virando estatísticas que parecem erros tipográficos. Cem mil mortos. Duzentos mil mortos. Os lugares das batalhas parecem exóticos com seus nomes impronunciáveis. A Paris romântica ficou bem longe. Mas se a liberdade pode ser conquistada nessas regiões obscuras, os Cascavéis não se acovardarão.

Por algum tempo, não há problema em vagar pelas ruas, mas aos poucos esse regimento desarmado e sem quartel começa a ser objeto de troça. Quando o ator de *vaudeville* Bert Williams conduz o desfile no Harlem montado num enorme cavalo branco, o espetáculo é tragicômico. Os jornais comparam esses fanfarrões aos Mulligan's Guards, uma trupe irlandesa de dança que fez muito sucesso na Broadway. Chegou a hora de se aproximar dos campos de batalha para evitar que o regimento seja ridicularizado e desacreditado antes mesmo de ter a chance de provar seu valor em combate.

No verão de 1917, quando as unidades negras da Guarda Nacional são convocadas a se juntar ao exército regular americano, o 15º de Nova York conta com 2.053 praças e 54 oficiais. É composto de três batalhões de cerca de setecentos homens, cada um dividido em quatro companhias de cento e setenta e cinco homens formadas por pelotões de cerca de quarenta soldados. O Departamento de Guerra o incorpora à sua última Divisão, a 93ª, imediatamente seguida do adjetivo "provisória". Na verdade, ela reúne, sem levar em conta pré-requisitos oficiais em termos de hierarquia e equipamento, um punhado de oficiais *de cor* provenientes de guardas nacionais, entre as quais o 8º regimento de Chicago. Uma divisão fantoche que permite mascarar esses recrutas negros, contê-los, tapando apenas os buracos mais urgentes.

As primeiras missões dos homens do coronel Hayward são em Nova York e nos canteiros de obras navais. Os soldados iniciantes são encarregados de vigiar focos potenciais de infiltração alemã. Um batalhão é enviado para Yaphank, em Long Island, um reduto de imigrados germânicos onde costumam ser encontrados simpatizantes do Kaiser Guilherme. Um lugar sob vigilância reforçada desde que no dia 30 de julho de 1916 um punhado de seus agentes conseguiu explodir o depósito de munições de Black Tom, em Jersey City. A explosão matou várias pessoas, causou um prejuízo de vinte milhões de dólares e chegou a sacudir a Estátua da Liberdade, cujo braço desde então não pôde mais ser visitado. Outro batalhão patrulha num lugar emblemático da cidade: Ellis Island; a ilha dos imigrantes agora transformada em prisão onde apodrecem prisioneiros alemães.

Eis, pois, os Cascavéis pondo mãos à obra. O exército finalmente conta com eles. Hayward venceu sua aposta. Pelo menos a primeira etapa.

***

Os soldados se despediram de suas famílias, subiram num trem na estação Grand Central, desceram em Poughkeepsie, no norte do estado de Nova York, percorreram mais alguns quilômetros de caminhão e pararam num campo de lama onde descarregaram suas bagagens. O campo Whitman, em 16 de junho de 1917, parecia mais um pântano sufocante do que uma caserna confortável. É aqui que os homens de

Hayward aprenderão os princípios básicos da disciplina e do combate. O bê-á-bá consiste em trabalhos práticos. Como não há instalações de alvenaria, cabe a eles montar barracas e se organizar. Os Cascavéis são escoteiros. Lobinhos que aprendem a hierarquia no cotidiano: como se dirigir a seu superior, como se esconder durante um ataque, como fabricar um abrigo sólido, como marchar em formação. Os manuais de combate são seus resumos; seus generais se tornam seus guias.

O orgulhoso Hayward fica exasperado com o tratamento infligido a seus recrutas. Eles ainda têm que partilhar 250 fuzis entre 2.500 homens. Sua marginalização progressiva leva a antever o pior enquanto, ao redor, os últimos regimentos formados recebem os favores dos políticos e do exército. Outra unidade nova-iorquina, a 42ª divisão, atrai todas as honras. Apelidada de "a divisão arco-íris", usa um arco-íris como emblema e se gaba de representar toda a diversidade das guardas nacionais de 27 estados. Uma divisão que se prepara para ser a estrela de um desfile na 5th Avenue num "desfile arco-íris" simbolizando a partida dos salvadores da democracia. Hayward mexe os pauzinhos, usa sua influência para que seus valorosos Cascavéis também participem desse desfile... Afinal, a combinação das guardas nacionais de mais da metade do país, reunidas em Nova York, ainda por cima, e com o objetivo de glorificar a diversidade da nação, deveria ser o receptáculo natural para o "Velho 15º". Mas os soldados do Harlem não são convidados para a festa. O Departamento de Guerra não quer misturar as cores. Não quer glorificar os negros, pôr num pedestal a raça inferior. "O preto não é uma das cores do arco-íris", dizem para Hayward. Como bom líder, ele se considera parte de seu regimento. Essa proibição o fere tanto quanto a seus homens. Faz então um juramento: "Vocês terão direito ao mais belo dos desfiles quando voltarmos".

O tempo urge. Os Cascavéis precisam se preparar para os combates nas trincheiras. Em 8 de outubro, dirigem-se ao campo de Wadsworth, situado no vilarejo rural de Spartanburg, na Carolina do Norte. Bem no meio do território segregacionista, onde vigora a doutrina Jim Crow. Não haverá comitê de recepção, é claro. Sua reputação, devidamente deturpada, e as fofocas racistas precedem o regimento. Os vereadores do município redigem um ofício de protesto ao governador de Nova York. Argumentam que "as consequências mais trágicas advirão da introdução de negros de Nova York com suas ideias do Norte na vida comunitária de Spartanburg". Enquanto isso, os soldados brancos que já estão no campo se preparam para dar uma surra nessas aberrações de cor.

O coronel Hayward sabe que essa passagem por Spartanburg constitui a provação mais difícil para seus homens até então. "Vocês estão numa zona hostil aos homens de cor", anuncia em preâmbulo. "Conto com vocês para se comportarem como bons soldados como sempre fizeram, e assim, nessa região, quebrarmos o gelo para toda a raça de vocês". Pede às tropas que respeitem as proibições das leis Jim Crow e que não respondam se forem chamados de "pretos".

Poucas horas após esse discurso, a tensão já é palpável. O capitão Napoleon Bonaparte Marshall é jogado para fora de um ônibus. Ele não oferece resistência. Mais tarde, dois delinquentes brancos derrubam um soldado negro na sarjeta, sob o pretexto de que ele não tem nada o que fazer na calçada. Ele se levanta e apanha o chapéu. Uma multidão hostil e gozadora se forma ao redor pedindo briga. "Prometi ao meu coronel que não revidaria", resmunga a vítima. Um soldado branco da 27ª Divisão de Infantaria de Nova York aparece dizendo: "Eu não prometi ao meu coronel que deixaria os delinquentes fazerem o que quisessem". Ele e um companheiro dão uma surra nos perturbadores da ordem e os jogam na sarjeta. O incidente chega ao fim. Mas é por pouco que o caldo não azeda para valer.

Um boato, mais um, acende os pavios alguns dias depois, somando-se naturalmente às provocações e insultos cotidianos. Dois soldados negros estariam a ponto de ser linchados. Como se fosse um único homem, uma delegação de cinquenta Cascavéis marcha para o centro. Hayward, assim que fica sabendo, pula para dentro de um carro e sai a toda atrás deles. Alcança-os quando já estão cercando o posto policial. O coronel entra, parlamenta, se assegura de que nenhum soldado foi detido e acompanha seus homens de volta para o alojamento.

No dia 21 de outubro, o coronel Hayward, munido de uma carta de recomendação, vai até Washington para implorar ao secretário da Guerra a mobilização imediata do "Velho 15º". Pretende tirar suas tropas de

Spartanburg o mais rápido possível, antes que uma verdadeira tragédia ocorra. "Muitos dos meus homens, com lágrimas nos olhos, vieram me ver para contar o quanto estavam sofrendo com os insultos que lhes são dirigidos desde que chegaram à cidade. Mas, ao mesmo tempo, querem seguir os conselhos que lhes foram dados para salvaguardar a raça negra e garantir sua participação na guerra."

Uma noite, durante sua ausência, Noble Sissle, o elegante cantor da orquestra, entra no saguão de um hotel para comprar um jornal nova-iorquino. Está com o jornal numa mão e o dinheiro na outra quando o balconista lhe ordena que tire o chapéu e o derruba assim que termina a frase. Sissle se abaixa para apanhá-lo e é golpeado na cabeça e nas costas. Por sorte, o imponente maestro James Reese Europe consegue acalmar os ânimos antes que a situação piore.

Na noite seguinte, o coronel Hayward em pessoa vem dissuadir alguns dos seus homens de irem se vingar na cidade. É preciso aguentar. Mostrar-se incriticável, já que o que todos esperam é um escorregão. O episódio do motim em Houston ainda está fresco na memória de todos. Prevendo o pior, ele voltou de Washington acompanhado por Emmett J. Scott, enviado pelo Departamento de Guerra como uma espécie de mediador para acalmar a situação. Recebido com frieza, o homem da Casa Branca se limita a pedir aos nova-iorquinos, especialmente aos oficiais negros mais graduados, que evitem a todo custo os confrontos raciais. Que abaixem a cabeça, aceitem a discriminação sem reclamar. Isso traria benefícios para sua causa.

Na realidade, o Departamento de Guerra está diante de um dilema. Deve manter os soldados negros nesse contexto violento, correndo o risco de que uma catástrofe ocorra? Deve transferi-los para outro local de treinamento (o que seria a prova de que o assédio funciona)? Ou, ainda, última solução: enviar o regimento imediatamente para a França, embora seu treinamento mal tenha começado?

Dois dias depois do episódio do chapéu de Noble Sissle, que poderia ter descambado para um massacre, os Cascavéis recebem a ordem de deixar o campo. Destino final: França. O "Velho 15º", último regimento a chegar a Spartanburg, é o primeiro a deixar o local após menos de duas semanas de formação conturbada. Os homens da 27ª Divisão de Infantaria de Nova York cantam com eles "Over There", canção patriótica composta para incentivar os homens a irem para a guerra, em sua despedida. Uma mobilização repentina que é na verdade uma fuga. Até mesmo o *Spartanburg Journal* elogia a "esplêndida aparência" das tropas negras em sua última revista.

Os homens não terão direito de se despedir de seus próximos nem de sua cidade. Vão direto para o campo Mills, em Long Island, antecâmara da partida para a França, esperando que um navio seja colocado à sua disposição.

Seu acampamento é contíguo ao do 167º da Guarda Nacional do Alabama. Um bando de "caipiras", "baixinhos" sulistas de sangue quente que já surraram um passageiro negro no trem de ida a ponto de deixá-lo cego. Colocam diante de seu acampamento uma placa "apenas brancos", logo derrubada pelos Cascavéis. Corre o rumor de que naquela mesma noite os rapazes do Alabama, fortemente armados, pretendem atacar seus vizinhos de pele negra. Informado da ameaça, o capitão Hamilton Fish toma as rédeas da situação sem sequer avisar Hayward. Ele não quer que seus homens continuem tendo que abaixar a cabeça. Assegura-se de que disponham de munição, mas pede que só abram fogo como último recurso. Antes disso, acompanhado por Napoleon Marshall e George "Kid" como delegação de choque, vai fazer uma visitinha aos do Alabama. De queixo erguido e músculos estufados, o jovem capitão desafia os sulistas: "Claro, é contra o regulamento que um oficial lute com um soldado, por isso trouxe comigo um soldado que lutará contra dois membros à escolha do regimento de vocês". Os homens levantam a cabeça para examinar o boxeador de 120 quilos e quase 2 metros. "E se um dos oficiais de vocês quiser me encarar, será um prazer cuidar dele". Essa pequena e delicada incursão diplomática basta para acalmar os ânimos dos sulistas. O drama é evitado. A resistência ao inimigo interno reforça cada vez mais o espírito dos Cascavéis.

Após duas noites no campo Mills, os homens do 15º, já apelidado de "regimento ambulante" por estar sempre em deslocamento, refazem suas bagagens. São distribuídos entre quatro armarias da cidade. É hora de se preparar para a grande partida. Está decidido que o "Velho 15º" partirá sozinho. O projeto de acionar uma 93ª Divisão operacional e coordenada não sai do papel. Os Cascavéis viajarão para a França de maneira autônoma. E também é sozinho que o regimento oferecerá um concerto-desfile no Central Park, na noite de 8 de novembro, dois dias antes de embarcar num barco a vapor que subirá o East River até o porto de Hoboken, na margem oeste do Rio Hudson.

Os 172 metros do USS *Pocahontas*, navio conhecido antes da guerra pelo nome de *Prinzess Irene*, quando ostentava a bandeira alemã, finalmente recebem os homens do coronel Hayward. Deixam para trás Nova York e suas luzes. É uma falsa partida. Depois de deslizar por 210 quilômetros num mar calmíssimo, o navio dá meia-volta: um pistão do motor explodiu. Os Cascavéis parecem amaldiçoados. O coronel Hayward, apoiado na amurada, chora à meia-noite ao ver de novo a linha do horizonte de Nova York.

Durante o conserto, o "regimento ambulante" novamente se desloca. Para o campo Merrit dessa vez. É preciso estar pronto para uma nova partida iminente. Desfazer o mínimo possível das bagagens. E suportar, mais uma vez, os insultos dos novos vizinhos – no caso, um regimento de Louisiana. Os dias custam a passar. Faz um frio glacial. As estruturas rudimentares do campo oferecem pouca descontração e possibilidade de treinamento. Hayward, frequentemente na cidade, já está na mira de alguns oficiais à beira de um ataque de nervos. A tentação de deixar esse acampamento precário é grande. Alguns minutos a pé e um trem suburbano bastam para chegar ao Harlem ou ao Brooklyn. De maneira que metade dos Cascavéis desaparece enquanto a outra metade recebe no campo seus entes queridos. Essa situação provisória, desconfortável e humilhante, deixa todo o regimento nervoso. A cidadezinha dos Cascavéis se torna mais perigosa que as piores ruas do Bronx.

O segundo embarque no *Pocahontas* recém-consertado ocorre em 2 de dezembro. Mas o navio amaldiçoado permanece no cais. Um incêndio no depósito de carvão exige uma nova operação de manutenção nessa sucata lançada ao mar em 1900. Dessa vez, os homens ficam a bordo. Nada de voltar àqueles miseráveis acampamentos. Partirão assim que possível: onze dias depois, numa noite de vento e neve.

Às 3 da manhã, quando o navio começa a ganhar o alto-mar, um barulho surdo desperta os passageiros. Um petroleiro britânico acaba de se chocar contra a ponte principal do *Pocahontas*. O capitão decide dar meia-volta mais uma vez, mas os Cascavéis não concordam. A "companhia de transporte" do regimento possui serralheiros talentosos e as ferramentas necessárias para tapar o buraco. Pendurados em arreios, os soldados desafiam o vazio e a água gelada para reforçar o casco do navio e repintar tudo antes do cair da noite.

A travessia prossegue em águas calmas. As manhãs são ocupadas em formação militar teórica e exercícios físicos sobre a ponte; as tardes, por baterias de exames de conhecimento. À noite, são as melodias do maestro Jim Europe que acompanham o barulho das águas. Nem todos os soldados gostam da vida no mar. Alguns põem as tripas para fora quando a ondulação aumenta, os exercícios físicos sobre a ponte parecem sessões de tortura, e os camarotes superlotados não ajudam no repouso. O cruzeiro vira um pesadelo quando uma epidemia de rubéola se propaga.

As garrafas de uísque compartilhadas no gargalo, as partidas de baralho e a música da orquestra ajudam a aguentar até que a viagem dê mais uma guinada. Na véspera de Natal, enquanto as condições meteorológicas pioram, uma dezena de *destroyers* se posiciona ao redor do navio. Eles têm por missão garantir a passagem pela zona de perigo, onde os submarinos alemães rondam como tubarões. Apesar do peru com *cranberries* servido para os oficiais, esse Natal em mares turbulentos, com o colete salva-vidas sempre no pescoço, parece mais uma operação de resgate. Até que, finalmente, aparecem as costas recortadas do Finistère, na França.

No dia 1º de janeiro de 1918, o porto de Brest recebe um regimento de párias. Soldados que a administração americana preferiria esconder. Homens sem treinamento, que fazem dessa guerra absurda uma questão pessoal. Uma questão de honra. Um ato militante. Eles vão trocar seus cabos de vassoura por fuzis americanos. Estão dispostos a lutar até a morte para provar que não são inferiores. Que podem ser heróis.

“SOS” EM SAINT-NAZAIRE

UMA ESPESSA CAMADA de neve cobre a Bretanha. Na plataforma da estação de Brest, os homens do coronel Hayward sacodem as pernas para não congelar. O trem parado diante deles não se parece nem um pouco com os expressos que circulam na Grand Central. Não oferece sequer o conforto sumário dos vagões que os transportavam de um acampamento para outro nos Estados Unidos. Esses vagões franceses para animais são chamados de “40/8”, ou seja, capacidade máxima de oito cavalos ou quarenta homens. Esmagados uns em cima dos outros, os soldados ainda dão um jeito de rir: “Mas onde é que eles enfiam esses oito cavalos?”. O capitão Arthur Little logo percebe que a viagem não vai ter nada de um passeio em primeira classe. O comboio parte às 10h30 da manhã. Noble Sissle, melancólico, recorda a América com nostalgia. Mais adiante, um rapaz tenta aquecer os dedos: Horace Pippin trouxe seu caderno e seus lápis como companheiros de viagem. Começa a rabiscar seu diário íntimo. O gelo como primeira provação.

O trem serpenteia através da paisagem branca de uma terra adormecida. Os Cascavéis não se dirigem para a ação. Vão para o sul, margeando a costa atlântica, atravessando os espaços silenciosos de uma região encolhida sobre si mesma.

Nos vagões sacolejantes, as mentes adormecidas cultivam a pequena chama das façanhas por vir. Para onde quer que os enviem, os Cascavéis saberão provar seu valor. Os 1.949 soldados e 51 oficiais do 15º estão prontos para a luta. Prontos para ir além de sua preparação conturbada, das vexações e humilhações, através do manejo das armas e do respeito às instruções. Depois de vinte horas de trajeto, seu trem para de manhãzinha na estação de Saint-Nazaire, a mais de quinhentos quilômetros da frente de combate. O regimento enregelado caminha ainda três quilômetros para fora da cidade até chegar a um conjunto de cabanas miseráveis cheias de frestas. Aqui começa sua guerra na França. Seus fuzis Springfield são recolhidos. Colocam em suas mãos pás, baldes e vassouras.

***

De sua residência em Chaumont, um homem acompanha com atenção especial os primeiros passos dos Cascavéis. John Joseph Pershing veio na primeira leva de norte-americanos que desembarcou na França, no dia 13 de junho de 1917, em Boulogne-sur-Mer. O comandante da Força Expedicionária Americana (AEF) tem carta branca para organizar as tropas e definir a estratégia dos recrutas do Tio Sam. Seu apelido, "Black Jack", herdado de uma experiência de professor numa escola para negros do Missouri, onde nasceu, seguida pela de líder de um regimento negro no México, é enganoso. Pershing, 57 anos, é um homem duro, impregnado da ideologia dominante que consiste em segregar os negros. A doutrina Jim Crow adaptada ao exército: Black Jack está ali para garantir sua aplicação.

O general de bigode impecavelmente aparado reproduz em sua AEF, com um senso apurado de gestão, as discriminações reais da sociedade americana. Aplica à risca as recomendações de um memorando de junho de 1918, assinado pelo general de brigada Lytle Brown, responsável pelos recursos humanos do exército. Este alega a inferioridade das tropas negras para justificar seu afastamento dos postos de ação e de responsabilidade:

> Uma grande porcentagem dos homens de cor é composta por analfabetos da classe popular. Esses homens não têm, em sua grande maioria, a resistência física necessária para se expor às dificuldades do campo de batalha, especialmente durante o rigoroso inverno francês. As classes mais pobres dos pretos não têm a energia mental necessária para se opor às tropas alemãs, muito mais instruídas e treinadas. O inimigo procura sempre um ponto fraco nas linhas adversárias e, se encontrá-lo nas tropas de cor, não deixará de aproveitar.

Essa caricatura guiará a visão de Pershing das tropas negras. Ele, que tem o destino dos Cascavéis nas mãos.

Nesse início de 1918, Pershing é mais requisitado do que nunca. O primeiro-ministro britânico David Lloyd George implora que ele incorpore o quanto antes suas tropas às unidades francesas e inglesas. O marechal Foch argumenta que as tropas americanas, visivelmente mal preparadas, seriam mais bem treinadas e com mais eficácia pelo exército francês. Pershing está sob pressão. Tenta ganhar tempo. Responde que o exército não tem vocação para estar à disposição dos Aliados, que suas tropas devem completar o treinamento no próprio país e só combater sob a bandeira americana.

De Washington chegam-lhe outros sinais a respeito dessa 93ª Divisão que virou uma batata quente. As ordens políticas, que ele segue à risca, proíbem qualquer mistura entre tropas brancas e negras. Mas dão pouco crédito a unidades de combate negras de uniforme americano. Black Jack enrola mais um pouco. Ocupa-se da gestão. Se não toma oficialmente a decisão, faz suas as reticências da administração americana. Os soldados *de cor* são enviados para os postos de retaguarda e vão trabalhar no SOS, o Serviço de Aprovisionamento. Nada mais natural para descendentes dos escravos das plantações de algodão: serão cozinheiros, lenhadores, almoxarifes, limpadores de latrinas. Curvarão as costas sob as ordens dos chefes brancos. O general Pershing acrescenta uma solicitação particular ao coronel Hayward: fornecer-lhe um punhado de criados negros para seu vagão pessoal.

***

Pás e picaretas nos ombros, calçados com grandes botas de borracha, é ao som do *ragtime* que os Cascavéis saem para trabalhar todas as manhãs às 6h45. Têm por missão construir uma base logística na comuna de Montoir, a doze quilômetros do seu acampamento improvisado. Com doze vias separadas por hangares, a estação em construção, concebida pelo engenheiro William J. Wilgus, é a maior obra ferroviária do mundo. Do nascer ao pôr do sol, os rapazes chapinham na lama para drenar os pântanos. Trincheiras sem alemães atrás. Têm que se contentar com essa missão. Os Cascavéis trabalham em tempo recorde, angariando elogios dos contramestres franceses. Para manter uma aparência digna, os oficiais veteranos oferecem recompensas àqueles que melhor cuidam de seus uniformes e de sua higiene pessoal. Mas a caxumba e a gripe enfraquecem a unidade, que pena para suportar a umidade e o frio. O hospital transborda. Para os soldados que estão saudáveis, a vida é uma jornada de trabalho sem fim, ferramentas na mão e pés enfiados na lama, enquanto os oficiais descobrem as tavernas de Nantes e o bom vinho francês.

O jazz e a comida não bastam para manter o moral da tropa, o coronel Hayward logo se dá conta. Ainda mais porque seus homens se perguntam se, justamente por trabalharem bem, não ficarão confinados a tarefas ingratas, sem perspectiva de evolução. Temem que a guerra termine antes mesmo de poderem provar sua bravura. Que Saint-Nazaire seja sua prisão glacial. Hayward é obrigado a continuar cutucando a administração. Pega na pena no dia 1º de fevereiro para explicar a situação ao general Pershing.

O coronel conhece os argumentos capazes de tocar John Pershing e suas eminências pardas. Meus homens são limpos, é o que diz em essência, especificando que nenhum caso de doença venérea é registrado em seu regimento há três meses. Essa obsessão higienista e sexual atormenta os recrutadores e administradores do exército. Em primeiro lugar o próprio Pershing, que dedica mais da metade de suas comunicações ao 15º a esse assunto. Examinados como cavalos antes da compra, das orelhas aos molares, os soldados negros são objetos de curiosidade misturada com temor.

Hayward está tão exasperado quanto seus homens. Apostou nessa empreitada todas as fichas da sua carreira. Envolveu todas as suas redes de contatos em Nova York. Terá que prestar contas a seus apoios políticos e a seus generosos doadores. Não, não consagrou sua vida ao regimento para comandar uma tropa de limpadores de privadas.

O advogado do Nebraska ignora a pressão que Pershing vem sofrendo desde o início do ano. O general da AEF está mais do que nunca entre a cruz e a espada. De um lado, a administração de Washington, que se esquiva sobre o uso das tropas negras, consideradas no fim das contas como tropas de "sapadores" [cavadores de trincheiras] e de "suporte". Do outro, o marechal Pétain, que solicita tropas frescas e parece especialmente interessado nesses reforços *de cor* deixados em espera no solo francês. Pershing não pode ganhar tempo eternamente. Há tensões nas redes diplomáticas. Seu interlocutor em Washington muda: Peyton March substitui John Biddle, mas continua dizendo que os soldados norte-americanos só partirão para o combate após finalizarem seu treinamento nos Estados Unidos e que jamais lutarão sob a bandeira de outra nação. Porém, abre a porta para a incorporação temporária dessas tropas *de cor* com as quais não sabe o que fazer.

Enquanto isso, nossos heróis continuam no seu casulo gelado de Saint-Nazaire, longe do tumulto da frente de combate e das batalhas diplomáticas. Temperam seu cotidiano nas cartas que enviam às famílias, exagerando a situação, narrando os primeiros frutos de combates que só existem em sua imaginação. Cartas cujos primeiros leitores são seus superiores, os quais, em vez de aprimorar táticas de combate, desempenham o papel de censores várias horas por dia.

Ao seu redor, os Cascavéis descobrem um povo cansado, desgastado e esfomeado. Até os mais durões do Harlem e do Brooklyn ficam comovidos. Até George "Kid" Cotton, o musculoso boxeador encarregado da segurança do campo, fala com emoção da pobreza e do desespero da população a seu superior.

> Chefe, o senhor já parou para pensar nas vantagens que temos aqui? No meio de toda a miséria que o povo francês está sofrendo? Essa tarde, vi uma cena que me fez pensar. Muito. Sabe, eu estava de guarda lá no lixão, onde os caminhões jogam todos os dejetos dos campos. E tinha centenas de velhos ali. E mulheres.

E crianças. Estavam ali para recolher comida e combustível entre nossos detritos. Pense um pouco, chefe. O que jogamos fora, nossos dejetos, é o que fornece a única alimentação e aquecimento de que dispõe essa pobre gente para não morrer de fome e de frio. Alguns dos nossos compatriotas ficam reclamando. Quanto a mim, isso me faz pensar.

Ao final do inverno de 1918, o "Velho 15º de Nova York" é um regimento isolado do mundo, espalhado entre os canteiros de obra da região de Saint-Nazaire. Uma unidade tratada como animais de carga que não sai do lugar e aposta nos talentos de negociador de seu chefe para poder enfim participar da ação.

OS SOLDADOS DO JAZZ

NO VERÃO DE 1916, o coronel William Hayward precisa de chamarizes para popularizar seu regimento. Os jogadores de beisebol e os boxeadores ajudam, é claro, mas ele precisa dar uma repercussão ainda maior aos Cascavéis, oferecer uma imagem fulgurante deles. O astuto advogado logo encontra o que queria. O homem de que precisa está em Manhattan. James Reese Europe, mais conhecido como Jim Europe ou ainda "Big Jim", por sua estatura colossal, é a grande estrela do jazz e do *ragtime* no momento. Músico, maestro e empreendedor do *show business* que reúne os públicos negro e branco. O currículo desse homem conhecido e reconhecido tanto na rua quanto nos mais chiques salões não tem notas fora do compasso.

Nascido em Mobile, no Alabama, em 1880, numa família apaixonada por música – pai pastor, mãe professora de piano e todos os irmãos músicos – e criado em Washington, Jim chega ao Harlem em 1902, dois anos após a morte do pai, tanto para ajudar no sustento da família quanto para tentar entrar no mundo do espetáculo. Multi-instrumentista talentoso, Big Jim observa os melhores artistas negros nas noitadas do Little Savoy e conversa com eles no hotel Marshall, na 35th West.

Aprende. Decifra a música e os códigos sociais da elite. As cadências e as conveniências. Em 1903, uma festa faz sua carreira decolar. É contratado para organizar um quarteto para o aniversário de Rodman Wanamaker, o herdeiro de uma família originária da Filadélfia que fez fortuna no ramo das grandes lojas. O sucesso é imediato e retumbante. Big Jim se torna especialista na organização de concertos e noitadas para divertir as grandes famílias burguesas e brancas da costa leste. Colocar negros para tocar nas festas dos brancos está na moda. Europe satisfaz sua clientela com seus ritornelos, canções de trabalho e outras *coon songs*, gênero musical que joga com os preconceitos racistas. Seu negócio floresce. Mas o empreendedor do jazz é um aficionado em busca da melodia perfeita, da alma autêntica da música afro-americana.

Quando 125 artistas negros, reunidos no hotel Marshall, fundam em 1910 seu próprio sindicato, batizado de Clef Club, escolhem Big Jim como presidente. Seus talentos de produtor lhe dão uma reputação crescente. Em maio de 1912, organiza uma noitada memorável no prestigioso Carnegie Hall de Manhattan, a fim de coletar fundos para uma escola de música afro-americana. Sala cheia. Público de pé. Doze pianos postos lado a lado no palco para uma sessão de *ragtime* alucinante, aplaudida loucamente na hora e nos jornais do dia seguinte. O Clef Club se torna uma espécie de cooperativa do entretenimento que garante o show em Nova York e além.

Europe construiu um nome. Sua silhueta simpática é indissociável das mais belas noitadas nova-iorquinas e do melhor jazz. Os concertos do Clef Club são sinônimo de casa cheia. Em 1913, Jim Europe se casa com Willie Angrom Starke, uma mulher influente da alta sociedade do Harlem, mas continua valsando com Bessie Simmons, uma cantora de coral. No mesmo ano, faz amizade com o casal Irene e Vernon Castle. Esses ricaços e espertos nova-iorquinos, estrelas da dança de salão, notaram Europe numa festa privada e o contrataram para dirigir seu célebre grupo de músicos e dançarinos. Uma trupe de grande sucesso que traz de volta à moda as danças preferidas do público em shows extravagantes nas melhores salas da região, mas também nos salões das famílias mais prósperas dos Estados Unidos. Os Vanderbilt, os Wanamaker, ou ainda os Stuyvesant Fish.

Jim Europe é um condutor de homens generoso, mas intransigente quanto à disciplina e aos smokings bem passados. Sabe o que é a miséria, a segregação, as humilhações. Não abaixa a cabeça, vive luxuosamente, à vontade tanto com os magnatas da América branca quanto com seus criados. Um forte laço de amizade o une ao casal Castle. Este é um caso à parte, na vanguarda tanto no que diz respeito ao visual (ele usa até um relógio de pulso) quanto às ideias. Uma noite, eles mesmos tocam diante de 2.500 negros no Manhattan Casino, numa festa beneficente organizada por seu amigo Jim. E se um dançarino branco de sua companhia pronuncia a palavra "preto" tem que pagar uma multa de cinquenta dólares.

Mas sem aviso prévio, e bem no momento em que seu último show na Broadway, "Watch Your Step" [Olhe por onde anda], faz um enorme sucesso, Vernon Castle resolve trocar seus sapatos de dança por coturnos. Oferece uma performance de despedida, em 15 de dezembro de 1915, e vai para o campo de treinamento de Newport News, na Virgínia. O atirador quer aprender a voar. Tornar-se um ás dos incipientes combates aéreos. Uma atividade em que a expectativa de vida era de menos de um mês.

Big Jim então se desdobra, se multiplica. Administra mais de uma dezena de concertos por noite. Vai de um ao outro para tocar algumas músicas em cada lugar. Faz sua marca dar frutos, mas conserva no fundo de si uma ambição mais profunda: sonha criar uma orquestra negra nacional. Conquistar a Broadway com shows de elenco "100% negro". Músico e ativista social, Jim já tinha participado da formação de um grupo batizado The Frogs, em 1908, destinado a promover os espetáculos afro-americanos como parte integrante da cultura clássica. Em 1912, compôs "Strength of a Nation" [Força de uma nação] para o projeto de guarda nacional de Fillmore. O tratamento igual dispensado a músicos negros e brancos constitui o primeiro item de sua luta antissegregação. Mas suas ambições militantes, bem mais amplas, são contrariadas por suas obrigações de estrela. O que não escapou a um de seus admiradores mais interessados: o coronel William Hayward.

O líder do "Velho 15º", portanto, aborda o músico, no verão de 1916, para acelerar o ritmo do recrutamento, dar um verniz de glamour a seu regimento e garantir um apoio cultural e social incontestável. Jim

Europe hesita. Já tinha cogitado se engajar na época de Fillmore e do projeto de regimento realmente "afro", oficiais inclusos. Agora, tem seus grandes projetos na Broadway e, a seu modo, conseguiu apagar a linha de demarcação social entre brancos e negros. Sobre os palcos dos seus shows de jazz, nada de discriminação. Mas Hayward tem argumentos fortes. Vê Big Jim como um líder natural da comunidade, como um homem essencial para o reconhecimento dos negros na América e no mundo. Além disso, vai lhe permitir montar a orquestra com que sonha.

Negócio fechado. O músico de jazz se alista, no dia 19 de setembro de 1916, oficialmente como um simples soldado. É imediatamente encaminhado para uma companhia de artilharia onde não é obrigado a manipular muito as armas nem a frequentar o quartel. Big Jim está mais habituado a outro tipo de organização humana, não menos complexa: as orquestras.

Para sua banda, Europe impõe diversas condições. O músico é um homem exigente, não faz concessões quanto à qualidade musical de sua trupe. Se vai reger a orquestra do "Velho 15º", esta vai ter que ser a melhor do exército. Afinal, sua reputação pessoal também está em jogo. Ele não será o maestro de simples sopradores de pífaros e batedores de tambor que tocam fora do compasso. Sua orquestra será o orgulho da música negra. Uma superbanda composta de músicos profissionais que ele recrutará pessoalmente. Nem que seja preciso tomar algumas liberdades em relação aos costumes militares. Solicita uma soma extra de quinze mil dólares para a remuneração de seus homens, os quais serão pagos à parte. Exige no mínimo quarenta e quatro músicos, se possível sessenta, explodindo o limite oficial de vinte e oito artistas das bandas militares. Será necessária ainda uma soma extra para os instrumentos e as partituras. Essas são as condições. Hayward tem que pegar ou largar.

O coronel, sempre hábil em suas operações especiais de persuasão, aceita as exigências do novo sócio. Seus músicos serão integrados à orquestra como "tarefa especial", desde que estejam disponíveis para outras missões. Do mesmo modo, Jim Europe será líder da banda e comandante de uma companhia de metralhadoras. Quanto às exigências financeiras, Hayward escreve para um amigo rico, Daniel G. Reid, milionário do aço, para ser apresentado a seu círculo de conhecidos a fim de conseguir apoios ali. Reid responde na hora, anexando à carta um cheque de dez mil dólares. "Aqui estão suas vinte vítimas a quinhentos dólares por cabeça". Big Jim pode recrutar seu batalhão musical.

Começa convidando seus amigos mais próximos, sendo o primeiro deles Noble Sissle, um dândi multi-instrumentista com uma voz de veludo. Ele será oficialmente o tambor-mor da orquestra, mas encarregado sobretudo de cantar. "Nossa raça nunca chegará a nada, no plano político ou econômico, em Nova York ou onde quer que seja, se não houver organizações fortes, compostas de homens que defendam uma posição a favor da comunidade",[1] explica Jim a seu amigo, convencido desde o primeiro momento. Os melhores músicos do Harlem entram no grupo um a um. Bert Williams foi mais rápido: esse bufão nascido nas Bahamas, rei do *vaudeville*, membro da trupe dos Ziegfields Follies, já tinha se engajado na Tabacaria. Bill "Bojangles" Robinson, precursor e grande estrela do sapateado, e Eubie Blake, prodígio do *ragtime* nascido em Baltimore e colaborador regular de Big Jim, também aderem. Assim como os melhores músicos de Nova York e de outras cidades, entre os quais o genial corneteiro de Chicago, Frank de Broit, com seu bigode tão fulgurante quanto seu temperamento, e o duo de percussionistas Herbert e Steve Wright, "os Gêmeos da Percussão", embora, apesar do sobrenome igual, nem sequer sejam irmãos.

À medida que a orquestra ganha corpo, Jim Europe constata que o que está faltando são bons instrumentistas de sopro. A seção está fraca e é a mais necessária para a execução de marchas militares. Sabe que não os encontrará no Brooklyn ou no Bronx, e nem mesmo no resto de Manhattan. Os melhores são os porto-riquenhos. Jim embarca para San Juan numa manhã de maio de 1917, percorre os clubes da cidade por três dias e volta com treze excelentes sopristas.

Durante a ausência do chefe, Noble Sissle se encarregou de recrutar Francis Mikell, professor no Instituto Tuskegee e reconhecido encenador, como assistente de Jim Europe. Depois de um mês de ensaios, a orquestra faz seus primeiros concertos, a fim de levantar fundos para pagar decentemente seus músicos, dispostos a deixar o conforto das salas de espetáculos americanas e se meter numa perigosa aventura que ninguém sabe no que vai dar. Vão acrescentando marchas militares a seu repertório, até chegarem ao cais que leva ao *Pocahontas*, onde os músicos de jazz embarcam tomando todo o cuidado com seus preciosos instrumentos.

Embora sua cor seja um problema para a AEF, eles correspondem à solicitação do general Pershing, preocupado com o moral das tropas americanas na França, de receber mais regimentos musicais. Para Big Jim, a guerra é uma espécie de turnê. Uma oportunidade de mostrar para o mundo o jazz, a música do Harlem, o orgulho dos afro-americanos.

***

Uma solicitação especial, vinda da cidade de Aix-les-Bains, perto da fronteira suíça, chega ao coronel Hayward no dia 10 de fevereiro de 1918. A ordem está assinada pelo general Pershing em pessoa. Uma parte das tropas do 15º está sendo requisitada com urgência. O exército americano precisa de músicos do outro lado da França. Uma espécie de "Campo de Relaxamento" vai ser instalado ali para que os soldados da AEF aproveitem bem seu tempo de repouso, uma semana a cada quatro. Um lugar de recreação, ao pé dos Alpes, protegido dos perigos da frente de combate e das tentações de Paris. Com suas prostitutas e o maldito espectro da sífilis, as noites da capital parecem aterrorizar os dirigentes do exército tanto quanto os canhões alemães. A ideia é recriar aqui uma América em miniatura, ao pé das montanhas, e curar a saudade especialmente através da musicoterapia.

Jim Europe, sempre exigente no que diz respeito à qualidade do espetáculo, garante a presença de Noble Sissle, seu cantor nº 1, apesar de os médicos aconselharem que este permaneça de cama por causa de uma forte gripe. Os dois amigos embarcam imediatamente, em primeira classe. O resto da banda segue nos vagões menos chiques que lhe são reservados.

A viagem se torna de fato uma verdadeira turnê. A campanha da orquestra começa no dia 12 de fevereiro na Ópera de Nantes, diante de uma sala lotada, toda em trajes de gala. Os espectadores, a fina flor local, descobrem os ritmos empolgantes do jazz; os membros da orquestra notam que ali não há divisão de cores. A Ópera não tem o "paraíso preto", aquele balcão lá no alto onde ficam confinados os espectadores negros. Os soldados-músicos constatam, desde esse primeiro sucesso, que a semente do jazz tem tudo para vingar em terras europeias.

A semente é plantada dez vezes, a cada parada do trem, do oeste ao leste do país. Como um presente caído do céu, a música surpreende os moradores. Encanta também o major-general americano Francis Kernan, alojado em Tours, que ganha uma serenata surpresa quando a banda passa pela cidade. "Os olhos da França estarão sobre vocês; e, através dos olhos da França, os olhos do mundo", diz a eles ao se despedir.

Os homens de Jim Europe são os únicos afro-americanos a penetrar no campo de recreação de Aix-les-Bains. É atrás deles, numa marcha alegre, que os três mil primeiros soldados (brancos) admitidos caminham para a abertura. Como saudação preliminar, um grupo escolar massacra o hino nacional americano, antes de os homens de Jim Europe replicarem a seu modo com a Marselhesa em jazz que sempre funciona. "Deus do céu, isso é magnífico!", grita um velho de pé ao lado de Winthrop Ames, produtor americano encarregado de organizar turnês para a AEF, que compreende na hora o poder daquela banda de talento inédito. Alguns invejosos e mal-amados pensam que eles são artistas de vida fácil, sem saber que estão diante de verdadeiros soldados.

Jim Europe assume a figura de um comendador. Um maestro de grande coração que dá tudo pelo seu público. É uma canção patriótica muito em voga, falando da chegada dos "Yankees" contra os "Hunos", que introduz seus recitais: "Over There" [Lá longe], uma marcha em jazz de refrão empolgante.

Lá longe, lá longe
Levem a palavra, levem a palavra lá longe
Os yankees estão chegando, os yankees estão chegando
Os tambores retumbando por toda parte
Então se preparem, digam uma prece
Levem a palavra, levem a palavra de alerta
Estaremos lá, estamos chegando
E não voltaremos antes que termine, lá longe.

Os shows do "Velho 15º" misturam sucessos americanos e franceses, militares e populares, sempre com as bases rítmicas sincopadas do *ragtime*. O maestro de olhos globulosos atrai os olhares e faz o papel de missionário do blues. Quando um espectador francês lhe entrega, uma noite, uma composição sua, perguntando se a orquestra poderia tocá-la, Jim Europe passa a noite inteira decifrando e rearranjando a música. "Três milhões de notas", dirá, exagerando o trabalho que teve. Mas executa sua missão.

O repertório de sua fabulosa charanga vai se enriquecendo, com o tempo, de canções de protesto, que conseguem, de um jeito ou de outro, driblar a censura. A canção "How You Gonna Keep 'Em Down on the Farm After They've Seen Paris" [Como vai mantê-los presos na fazenda depois de terem visto Paris] simboliza assim o temor por parte dos brancos de que os soldados negros, após terem desfrutado as alegrias da igualdade racial na França, voltem ao país com novas reivindicações, na expectativa de uma vida melhor. Mas esse jazz engajado não recebe o reconhecimento da tropa, nem dos figurões do exército.

O sucesso da orquestra é tamanho que a AEF prolonga por um mês sua programação em Aix-les-Bains. À noite, os músicos destilam seus conselhos, explicam sua música, ou tocam para famílias francesas à memória dos mortos em combate. De tempos em tempos, apresentam-se em Chambéry, a maior cidade dos arredores. Por ocasião de um concerto num orfanato, o maestro percebe um menininho imitando seus gestos. Big Jim o convida a subir ao palco, lhe entrega sua batuta e o deixa reger a banda, para delírio do público.

Em algumas semanas, James Reese Europe e seus músicos se tornam um instrumento de relações públicas para o general Pershing. Uma banda cada vez mais célebre, que dá ao jazz suas cartas de nobreza no Velho Continente. Enquanto isso, seus camaradas deixados em Saint-Nazaire continuam na sombra, esquecidos num ângulo morto da história. À espera de sua libertação.

PRIMAVERA DE 1918

OS MENINOS PERDIDOS

BEM-VINDOS ENTRE OS *POILUS*

"**A MELHOR COISA DO** mundo aconteceu [...] Um conto de fadas se materializou e um sonho magnífico se tornou realidade [...] Somos agora uma unidade de combate."[1] O coronel Hayward, lírico, recebe como uma oferenda a partida para as trincheiras. No dia 10 de março de 1918, uma ordem oficial assinada pelo general Pershing intima o regimento a se juntar às fileiras do exército francês. Os homens estão sendo esperados em Connantre, vilarejo do vale do Rio Marne, cerca de cem quilômetros a leste de Paris, para finalizar seu treinamento antes de participar dos combates. Numa carta exaltada, endereçada em 18 de março a seu amigo Reginald L. Foster, que ficou no sinistro campo de Spartanburg comandando a 27ª Divisão, Hayward conta que os franceses são "maravilhosos maravilhosos maravilhosos". Admite que nunca engolirá a mágoa de ter sido afastado do exército – especialmente da Divisão Arco-Íris –, mas recorda esta máxima bíblica: "A pedra rejeitada por vós, os construtores, se tornou a pedra angular do templo".

O "Velho 15º" a caminho da batalha é uma revanche contra o racismo norte-americano, uma realização longamente esperada. Depois de dois meses carregando trilhos na lama gelada de Saint-Nazaire. Dois meses de delicadas negociações para Hayward, que, finalmente, vê

Pershing ceder. O coronel do Nebraska prossegue em sua carta: "Não há nenhuma outra tropa americana perto de nós. Somos os meninos perdidos, e fico feliz que seja assim. Nosso grande general americano simplesmente colocou o órfão negro num cesto, deixou-o na porta dos franceses, apertou a campainha e deu o fora. Disse isso a um coronel francês que usava um crachá 'fala-se inglês aqui', e ele me respondeu com um sotaque carregado 'bem-vindo pequeno bebê negro".

Bebês, passados de mão em mão, que têm um novo nome de batismo. Eles são oficialmente designados agora como "369º Regimento de Infantaria Americano" (ou 369º RIUS). Ei-los incorporados na nomenclatura do país anfitrião e inseridos na 16ª Divisão de Infantaria do 8º Corpo Armado do 4º Exército Francês, dirigido pelo general Le Gallais. Essa divisão exaurida, encarregada de manter a linha de frente nas redondezas de Châlons-sur-Marne, vai portanto bancar a babá, antes de lutar lado a lado com os soldados recém-adotados.

Os Cascavéis fazem as malas de novo e voltam a subir num trem. Não para se esquivar da realidade e ficar contornando a Grande Guerra. Dessa vez, vão a todo vapor rumo aos combates e à desolação. Lá onde precisam deles.

Horace Pippin, o aplicado retratista do Arkansas, observa a paisagem desfilar pela janela do trem que o leva para o coração do país. Um coração que bate com dificuldade. Um coração triste e prestes a rebentar. Ao ritmo sincopado dos trilhos, os vilarejos mal se mantêm de pé, as casas desabam, os campanários ruem. Pilhas de munição se erguem como muralhas. A França é um país sem sol, anota em seu precioso diário de bordo.

Chegando a Connantre, os nova-iorquinos se instalam em barracas de chão lamacento. A chuva cai sem parar, escorre pelas frestas dos telhados improvisados. Antes de travar conhecimento com os franceses, os soldados esperam a volta de seus amigos da orquestra, num misto de empolgação e de medo.

Quando o funcionário da YMCA* encarregado do entretenimento anuncia, no dia 16 de março, que a orquestra deve deixar a cidade e ir

* A Young Men's Christian Association (que atua no Brasil sob o nome "Associação Cristã de Moços), ONG cristã ecumênica, foi muito ativa durante a Primeira Guerra

para a frente de combate, assobios e gritos brotam do público da sala de espetáculo de Aix-les-Bains. Lágrimas correm nas faces. Bandeiras americanas se agitam. Os homens que tinham sido obrigados a dar a outra face em Spartanburg saúdam agora seus fãs, sorriem para a multidão. O prefeito de Aix lhes entrega um vaso de prata em sinal de agradecimento. O de Chambéry, um ramo de louros com serpentinas tricolores. No dia seguinte, após seu último concerto, os músicos brindam com champanhe, beijam bebês a torto e a direito e desfilam rumo à estação, escoltados por oficiais de polícia que não conseguem controlar a multidão que os acompanha em procissão.

Seu trem também se aproxima dos combates pelo sudeste. Atravessa vilarejos destruídos, florestas derrubadas, cemitérios improvisados cujos túmulos transbordam e se espalham pelas planícies. No meio da noite, numa estação isolada, enquanto os músicos cochilam, o trem é separado em dois por um erro de orientação. Um vagão de terceira classe é enviado na direção oposta do resto do trem, direto para a frente de combate. A bordo dele, Noble Sissle e os sopristas porto-riquenhos. Eles desembarcam na estação de Châlons-sur-Marne, ponto de partida da rede de trincheiras que leva à linha de frente. Lá encontram um oficial da polícia militar da 27ª Divisão de Nova York, o regimento que tinha passado alguns dias ao lado do Velho 15º em Spartanburg. De repente, uma espécie de uivo atravessa o céu, seguido de uma poderosa explosão. Uma bomba alemã caiu nas proximidades. Esses poucos músicos perdidos, que não falam uma palavra de francês, são os primeiros membros do 369º a sofrer um ataque. Descobrem a guerra antes de todos os outros, involuntariamente, como uma onda de terror. Uma primeira advertência.

O reencontro entre o regimento e sua orquestra é celebrado no dia 21 de março, em Connantre, vilarejo que serve de quartel-general para as tropas engajadas na região do Marne. Nesse mesmo dia, o exército alemão lança a operação "Michael", ponto de partida da grande ofensiva de primavera que começa com um assalto maciço contra as tropas britânicas que estão na Picardie. A rotina da guerra de posições

---

Mundial, organizando "lares de soldados" e atividades sociais, culturais e esportivas destinadas ao bem-estar dos combatentes americanos.

é quebrada por novas táticas importadas da frente leste. Peças e mais peças de artilharia foram trazidas para a França. Sua missão é bombardear de surpresa as unidades de artilharia adversárias, abrindo caminho para unidades móveis, as *Stosstruppen*, equipadas de metralhadoras e lança-chamas, encarregadas de se infiltrar rapidamente nos pontos fracos da linha de defesa inimiga. Em algumas horas, unidades britânicas são derrotadas nos arredores de Saint-Quentin. O sucesso dessa operação inaugural gera uma pressão adicional sobre as tropas Aliadas instaladas no Marne, mais ao sul. O território dos Cascavéis.

***

Noble Sissle, o dândi que virou soldado, está diante do general Le Gallais. Com sua voz de veludo, o cantor lhe oferece uma versão melodiosa de "Jeanne d'Arc" num francês quase perfeito, aprendido foneticamente para a ocasião. Depois do último compasso, Le Gallais se aproxima de Hayward. O comandante da unidade a que os Cascavéis pertencem agora sabe que os alemães não esperarão que seus homens finalizem o treinamento dos americanos para bombardeá-los. Pergunta ao colega estadunidense se pode contar com suas tropas caso os alemães se dirijam para sua zona após derrubarem os britânicos. Ou seja, dali a quatro ou cinco dias. Hayward garante que o regimento fará o seu melhor, e mais do que quaisquer outros homens poderiam fazer. "Bom", responde simplesmente Le Gallais. Hora de treinar. Recuperar o tempo perdido. Aprender, ao mesmo tempo, o manejo das armas, os posicionamentos táticos e os rudimentos da língua local.

Os batalhões se distribuem entre os vilarejos de Herpont e Herpine, trinta quilômetros a leste de Châlons-sur-Marne, na zona avançada dos exércitos. Cinco oficiais e intérpretes franceses se juntam aos americanos, e cinco sargentos ou cabos instrutores se integram em cada uma das companhias do 369º. Essa aproximação do epicentro das deflagrações da guerra desestabiliza um pouco mais Horace Pippin. Os moradores de Herpont ("Hairpont" em seu diário) são velhinhos encarquilhados que choram ao recebê-los. Ao redor dessas formas humanas vacilantes, o panorama oferece apenas ruínas fantasmas. O frio e a morte que rondam.

Antes de entrar para valer na luta, melhor resolver a questão indumentária. Não é mero capricho, mas um elemento central da incorporação às tropas francesas. O 369º terá um equipamento híbrido, original e nunca antes visto. Os nova-iorquinos conservam seu uniforme americano verde-oliva, mas usarão cinturões de munição franceses, mochilas e o capacete Adrian azul celeste, em folhas de aço, tão característico com seu aspecto um pouco medieval. Uma preocupação logo surge para os americanos. Os bolsos de seus uniformes são muito mais apertados que os de seus amigos franceses, os quais permitem guardar todos os acessórios indispensáveis ao combate.

Enquanto soldados do exército francês, não poderão usar os fuzis Springfield. Terão que se acostumar com uma máquina bem diferente: o fuzil francês Lebel, mais longo e com baioneta. De modo que os primeiros treinamentos matinais não são de tiro ao alvo, e sim de combate corpo a corpo com bonecos. Pouco preciso a longa distância, carregado com três balas em vez de cinco, os nova-iorquinos aprendem a nomear seus componentes, fazer a manutenção, desmontar e remontar com tranquilidade, depois sob pressão, em condições de fogo cerrado. O fuzil-metralhadora Chauchat, vagamente parecido com o "Tommy" americano, permite varar a 180 graus com balas de 8 mm. Apelidado de "sho sho" pelos Cascavéis, é um monte de ferragem sobre uma base mal equilibrada, pesando quase dez quilos, bom para atirar da trincheira, mas pouco preciso para os tiros de longa distância.

A Hotchkiss está no cardápio dos atiradores especializados. Essa metralhadora automática, apoiada num tripé, funciona a gás e pode atirar até quinhentos cartuchos por minuto com um alcance de 4,5 quilômetros.

No que diz respeito a lançar granadas com a mão, os yankees nem precisam de instrução. Com sua técnica herdada do beisebol, eles as lançam a 65 metros (10 metros a mais que os melhores granadeiros franceses) com uma precisão diabólica. E é claro que os boxeadores do Harlem e do Brooklin se mostram excelentes no combate aproximado, inclusive com baioneta.

O exotismo fica por conta também da alimentação. No campo de treinamento, as rações francesas são bastante generosas, com legumes cozidos, carne e pão. Na frente de combate, a coisa muda de figura. Preparadas em cozinhas portáteis e trazidas por sopeiros kamikazes, as gororobas à base de feijão, patês e legumes são engolidas rapidamente. Sem falar nos "mantimentos de reserva" levados pelos *poilus*, duas latinhas de carne em conserva e biscoitos secos. Os americanos não terão oportunidade de saborear a grande cozinha francesa, nem mesmo o chocolate. E o "tabaco de tropa" de gosto amargo que recebem ali dá saudade dos cigarros suaves distribuídos pelo exército.

Naturalmente, o litro de vinho derramado nos cantis a cada manhã logo cria problemas. A ideia é que dure vinte e quatro horas, mas alguns nova-iorquinos o ingerem em menos de quinze minutos. Começam a ver alemães pendurados nas árvores, atiram nos galhos, tropeçam nas trilhas... O tinto é tirado do menu diário dos soldados americanos a fim de evitar acidentes, substituído por uma ração de açúcar suplementar.

O aprendizado das trincheiras transforma os americanos em toupeiras. Cavar buracos no chão, combater a partir deles. Sobreviver neles. Logo travam conhecimento com outros moradores, com os quais são obrigados a coabitar: os piolhos. Um inimigo íntimo, minúsculo e desagradável. Esses ectoparasitas sugadores de sangue, que adoram a terra revolvida, atacam o couro cabeludo dos soldados, seja qual for seu uniforme. O despiolhamento é uma das técnicas de guerra que os franceses lhes transmitem. Uma guerra perdida de antemão, de tanto que esses bichinhos se multiplicam. Nunca vestir uma blusa encontrada no chão, manter uma boa higiene básica... Precauções insuficientes diante de tamanha invasão.

Mas os verdadeiros camaradas dos Cascavéis são os *poilus*. Logo se tornam amigos de fé, para a vida e para a morte. Através de gestos, dão um jeito de se entender. O jargão das trincheiras vai se tornando cada dia mais inteligível. O termo *Boche*, usado pelos franceses para designar os alemães, é transformado em *Bush German*, brincando com a expressão *Bush Nigger* que define os africanos das tribos. As conversas parecem espetáculos de *commedia dell'arte*, repletas de onomatopeias e gestos pueris. Um certo Ellis, ordenança do tenente Lewis Shaw, dá o melhor de si como intérprete. Improvisando uma mistura de inglês com francês e projetando confiança, consegue os melhores alojamentos e até café na cama para seu chefe, com "woofs" (*oeufs* – ovos) frescos cada manhã.

É preciso também aprender a ler os mapas franceses com sua terminologia. Setores, subsetores, centro de resistência e pontos de apoio substituem os distritos de Nova York e as linhas de metrô. A denominação das unidades também, entre *grenadiers* (granadeiros), *fusiliers* (fuzileiros), *voltigeurs* (atiradores) e *mitrailleurs* (metralhadores), atesta uma hierarquia compartimentada bem francesa e bem diferente dos estatutos do exército americano. O jeito é se adaptar, traduzir, transformar. Os Cascavéis se familiarizam com os rádios franceses. Aprendem a transmitir e receber uma mensagem. E também a lidar com cães e pombos-correios, esses espantosos coadjuvantes da guerra.

Os instrutores franceses lhes ensinam a apurar o ouvido. Os "BUM" das bombas alemãs oferecem uma ampla gama de nuances, que indicam a origem, o tipo de carga, de engenho de propulsão, a distância. E, sobretudo, se é uma bomba de gás. Napoleon Bonaparte Marshall, o homem de confiança de Hayward, é promovido a primeiro *gaz officer* [oficial de gás] do regimento, cargo da mais alta responsabilidade. Munido de um gongo, o corredor de Harvard percorre os bosques que rodeiam as trincheiras para, pelo barulho da explosão, determinar o tipo de gás bombardeado e decidir se é preciso acordar os soldados para que se protejam. Decisão que pode custar a vida de seus companheiros e o levar para a corte marcial. Napoleon logo aprende as especificidades dessa arma de guerra ainda desconhecida do outro lado do Atlântico. Os efeitos são explicados, com profusão de detalhes e mímicas teatrais, pelos especialistas do exército francês. O gás mostarda tem um cheiro meio de alho e demora para agir, mas queima a pele e os órgãos aos pouquinhos. O fosgênio fede a uva podre, parece não fazer nada, mas destrói os pulmões e pode matar por sufocamento. Alguns são mais leves que o ar, como o gás lacrimogênio; outros, mais pesados, penetram nos abrigos subterrâneos. Napoleon Marshall aprende também as combinações assassinas. Se um primeiro jato de lacrimogênio dá vontade de se assoar, nunca tirar a máscara: é exatamente o que quer o alemão, que se prepara para lançar uma bomba de gás mortal. Em todos os casos, o mesmo conselho: sobretudo não entrar em pânico...

Mais do que às tradições francesas, é a um outro espaço-tempo que os anfitriões sensibilizam seus hóspedes de além-mar. Uma guerra em que você pode ficar dias sem ver o céu, em que ele pode estar escuro ao meio-dia, fosforescente à meia-noite. Uma guerra em que os ratos estão de ambos os lados. Uma guerra em que cada abrigo improvisado pode salvar a vida. Uma guerra em que o barulho das explosões ressoa num eco contínuo. Uma guerra que pode deixá-lo louco. Dormir sempre que se pode. Ficar atento à direção do vento. Cortar a parte de baixo do casaco para reduzir a superfície de tecido a secar. Utilizar um periscópio antes de sair do buraco da trincheira. Mirar nos bagos do inimigo no combate aproximado... O manual do perfeito *poilu* é uma bíblia oral cujos evangelhos chegam às vezes à beira do sobrenatural. Dizem que há um exército de zumbis entre as linhas de combate, desertores do mundo inteiro que povoam a terra de ninguém.

Apesar desse ambiente hostil, há o orgulho de estar ali. O sentimento de fazer sua parte na luta pela democracia, ao lado desses novos irmãos de armas. Nos primeiros dias, os garotos pagam dez dólares por um retrato em aquarela, executado por membros da "Academia Francesa". Retrato enviado para suas famílias nem bem a tinta seca.

Os Cascavéis se tornam verdadeiros *poilus*. Não apenas por efeito de seu treinamento especial, mas graças a uma camaradagem nascida de poucas palavras, mas de muito respeito mútuo. Olhares, abraços, gargalhadas. A ideia de participar de uma luta comum pela liberdade. Eles são talvez marionetes de uma guerra nascida dos interesses dos políticos e dos poderosos, mas são, acima de tudo, irmãos de armas. Para a vida e para a morte.

COMO RATOS

"EM FRENTE, MARCHEM!" Os tambores rufam, as cornetas soam. O terceiro batalhão, a caminho do quartel-general de Maffrécourt, entre Reims e Verdun, se separa do resto do regimento ao som do *ragtime* do "Army Blues" [Blues do exército], a música predileta do coronel Hayward. Os rostos sérios se suavizam, surgem até sorrisos. Sua marcha rígida vira quase um passo de dança quando atravessam o vilarejo de Auve, onde o general Le Gallais se junta ao coronel Hayward para uma inspeção das tropas. Através de seu intérprete, o francês afirma que a chegada dos empolgados Cascavéis redinamizou sua unidade moribunda e garante a seu colega americano que as tropas dele estão em pé de igualdade com seus soldados no campo de batalha, reunidos pela causa comum da defesa diante dos exércitos do Kaiser. O coronel Hayward, por sua vez, garante seu apoio indefectível e afirma que é uma grande honra combater ao lado do exército francês.

Os soldados se afastam marchando, como um carreiro de formigas, deixando a base para se aventurar no grande mundo. Em intervalos regulares, os outros batalhões se põem a caminho. Estão agora ao alcance dos tiros alemães, com suas máscaras de gás penduradas nos cintos. Aqui começa a batalha dos Cascavéis, na esteira dos Buffalo Soldiers e outros heróis negros da história do exército. A diferença é que os Cascavéis usam os capacetes azul-celeste do exército francês.

Nesse dia 13 de abril de 1918, depois de três semanas de formação ao lado dos *poilus*, os homens do 369º chegam ao povoado de Maffrécourt, onde estabelecem base, a algumas centenas de metros das primeiras galerias subterrâneas. Por ordem do general Le Gallais, começarão atuando num setor "relativamente calmo". O general pede ainda a seus homens que tratem os recém-chegados como "bons camaradas", a fim de "facilitar sua tarefa". Os Cascavéis não têm mais instrutores franceses, apenas alguns intérpretes continuam com eles.

No dia seguinte, o 1º e o 2º batalhões prosseguem até o acampamento de Peupliers, três quilômetros a leste de Maffrécourt, onde se instalam nas barracas das tropas de reserva. Fazia semanas que o campo não era atacado, já que os setores vizinhos tinham sido abandonados após um motim, mas eles são recebidos por trinta bombas alemãs lançadas em quinze minutos.

O Centro de Resistência (CR) de Melzicourt fica de frente para o Bosque de Hauzy, entre o Rio Aisne, à direita, e o Rio Tourbe, à esquerda. É protegido por uma colina e cortado por uma profunda ravina que logo passa a ser chamada de Vale da Morte pelos americanos. É por ser um local bastante protegido que os franceses o deixam para os Cascavéis, a fim de que eles se acostumem mais um pouco com as trincheiras sem estar expostos demais. O capitão Arthur Little observa que seus homens já aprenderam a se esconder nos abrigos. Alguns parecem até confiantes demais, ficam rindo e gritando quando os obuses caem. Chega a ter que repreender dois jovens oficiais que bancam os durões no caminho central em vez de buscar proteção. Alguns bombardeios intermitentes ressoam, mas não há nenhuma perda durante essa tomada de posição.

Já na manhã seguinte, o 1º Batalhão deixa a base e vai para a frente de combate, seis quilômetros adiante. Os soldados do Harlem ocupam o subsetor África – que tem esse nome por ter sido ocupado anteriormente por unidades das colônias francesas. O primeiro a fazer uma visita guiada é o capitão Arthur Little, o refinado editor da *Pearson's Magazine*. Embarcado numa carriola puxada por uma mula, ele vai jantar em companhia dos oficiais responsáveis pelo setor, o tenente-coronel de Villiers e o comandante Josse. Assim que terminam, os franceses levam seu convidado para dar uma volta. Caminham por tábuas colocadas sobre buracos lamacentos cheios de arame farpado. Chegam assim a quatrocentos metros da primeira linha dos soldados alemães. Nada que assuste Josse, um grandalhão que nem sequer se dá ao trabalho de se abaixar. Little, menos à vontade, segue seus passos tentando não fazer feio. Chegados ao extremo das galerias, Josse lhe pede para dar o primeiro tiro simbólico. Little saca e aperta o gatilho. Josse faz o mesmo. Os oficiais apertam as mãos. A cooperação franco-nova-iorquina está selada.

Falta aprender a se mover naquele labirinto. Compreender e saber viver nas trincheiras. A sobrevivência de cada um e do grupo depende disso. Desvendar a topografia dos combates, com seus túneis, suas paralelas e suas bifurcações. Um território percorrido em ritmo regular: dez dias na linha de frente, dez dias na retaguarda, dez dias na base de apoio. E assim por diante, até o esgotamento da guerra e dos homens. Até a aniquilação.

Então os Cascavéis se acostumam ao cotidiano das trincheiras. Os hábitos, os rituais. Dias quase idênticos, cada um podendo ser o último. O despertar antes do amanhecer. A tomada de posição. Fixar os arames, espreitar a terra de ninguém, localizar o inimigo. Pausa para o café da manhã em pequenos grupos. Chá forte e baguetes. Imobilidade total durante os bombardeios. Evitar a fumaça e não ficar a descoberto. Viver como fantasmas. Como ratos. Consertar e consolidar as paralelas, os fossos e os túneis. Cochilar num abrigo se a noite foi curta. Limpar as armas. Escrever uma carta. Inspecionar os pés em caso de feridas. Inspecionar os cabelos em caso de invasão dos malditos piolhos. Os oficiais passam, inspecionam os trabalhos de construção, os estoques de munição, leem e censuram as correspondências. A noite é aproveitada para tarefas que exigem invisibilidade. Esgueirar-se para fora dos buracos e consertar um pedaço de arame farpado partido, ampliar o território das trincheiras, fazer circular a comida, os equipamentos ou as armas. E, finalmente, as patrulhas. Trazer informações sobre o inimigo, fazer prisioneiros, matar o máximo possível de *Bush Germans*.

De dia, se o inimigo dá um pouco de sossego, treina-se para essas incursões noturnas, principal fonte de adrenalina para os Cascavéis. Simulações de combate à base de granadas e baionetas com os franceses que fazem o papel de alemães. Mas à noite, a coisa é pra valer. Patrulhas mistas são enviadas. As primeiras façanhas não tardam. O tenente Marshall Johnson, do 2º Batalhão, ganha uma recomendação para a Cruz de Guerra por capturar um alemão durante uma incursão noturna. O primeiro de uma longa lista de prisioneiros, enquanto os Cascavéis permanecem incapturáveis.

Horace Pippin, nosso desenhista, é sempre voluntário para essas escapadelas noturnas. Experimenta um misto de fascinação e terror por essas incursões furtivas ao lusco-fusco. Ver sem ser visto. Alertar os companheiros. Compreender a batalha. Ele é ao mesmo tempo o ator e o narrador da vida subterrânea que conta em suas crônicas e desenha em seu caderno. Uma poesia que emana da desgraça. A inspiração que sobe das entranhas – entranhas que é preciso proteger no combate aproximado. Pippin se move como uma sombra na Floresta de Argonne, com suas árvores escuras, seus parasitas roedores de homens, sua eterna chuva e sua terra movediça. Seus desenhos de Argonne são em preto e branco.

***

O "Leão da França" visita os Cascavéis no fim do mês de abril. O general Henri Gouraud, 49 anos, é um líder natural, com o bigode desgrenhado, a barba pontuda e os olhos azuis que parecem aço. Perdeu o braço direito em Gallipoli, durante a campanha das Dardanelles em junho de 1914. Comandante do 4º Exército, ele é o rei das trincheiras de Argonne. Sua presença eclipsa a dos generais Le Gallais e Hély d'Oisel, que o acompanham na revista do efetivo dos Cascavéis. Soldados que veem nesse francês carismático uma nova figura a seguir, a não decepcionar. O grande general avança, a passos firmes, e se detém diante da bandeira americana, inclinando cuidadosamente o busto em sinal de respeito. O sargento William H. Cox, musculoso porta-estandarte dos Cascavéis, também se curva, abaixando um pouco a pesada bandeira, o que é contra o regulamento. Mas ninguém o repreende. Os olhos do "Leão" estão marejados de lágrimas.

A visita não é apenas de cortesia. Os Cascavéis, absortos em suas tarefas cotidianas, estão no centro da queda de braço disputada entre os exércitos. Faz alguns dias que o batalhão de Arthur Little controla sua parte do subsetor África. Por isso, sua unidade está sendo convocada para ocupar um setor autônomo. A primeira rotação é dada pelo general Le Gallais para o setor CR Melzicourt. Dessa vez, soldados franceses ainda acompanharão os americanos, antes de lhes entregarem as chaves dessa trincheira estratégica. Os quatro quilômetros e meio atribuídos ao 369º representam um quinto do território sob responsabilidade americana nesse momento da guerra. Diante deles, o 3º Exército Alemão, dirigido pelo general Karl von Einem, e o 1º Exército, sob a autoridade do general Erich von Below. Um adversário de insondável poder de fogo.

A reorganização das tropas alemãs na frente oeste deve permitir a estocada final da guerra. Esmagar os bolsões de resistência dos Aliados durante a primavera e marchar até Paris. As vinte divisões alemãs transferidas para a região lhe conferem uma grande superioridade numérica. Enquanto as autoridades americanas continuam enrolando, protelando o envio de reforços mais numerosos, as posições Aliadas vão sofrendo duras perdas, uma a uma. O 1º Exército Americano, posicionado setenta quilômetros a leste dos Cascavéis, é derrotado perto de Saint-Mihiel. Duzentos quilômetros mais ao norte, os intransponíveis Flandres, dominados até então pelos ingleses, são penetrados pelo 4º e pelo 6º exércitos alemães, num irrefreável avanço de mais de vinte quilômetros ao sul de Ypres. No vale do Rio Somme, entre 22 de março e 16 de abril, o 17º e o 2º exércitos alemães roubam sessenta e cinco quilômetros de terreno dos ingleses, numa linha de oitenta quilômetros, chegando a cerca de noventa quilômetros de Paris. No início de maio, o 7º Exército Alemão, sob as ordens do general Hans von Boehn, avança pela margem do Rio Marne, até ser bloqueado a sessenta quilômetros da capital.

Mais do que nunca, o exército francês precisa desses "pequenos bebês negros".

"Bebês" em que o general Pershing está sempre de olho. Os emissários da AEF fazem valer seu direito de visita e interferem sempre que podem. Mas são obrigados a reconhecer o valor do Velho 15º, o que alimenta a esperança de que a 93ª Divisão volte para as barbas do Tio Sam como uma verdadeira unidade do exército. O major Herman Herjes, rico banqueiro e oficial de ligação de Pershing, é um dos primeiros a apresentar um relatório. E confirma a reputação do regimento de Hayward, o que satisfaz tanto ao seu superior quanto aos franceses. Se os negros estão fazendo seu trabalho direitinho, tanto melhor. Desde que não chamem atenção.

Do quartel-general de Maffrécourt, o coronel Hayward também analisa a experiência do regimento em terras francesas. Escreve uma extensa carta a Emmett J. Scott, o conselheiro especial de "assuntos negros" do secretário de Guerra. Desenvolve sua argumentação a partir de duas questões centrais ligadas ao engajamento de seu regimento.

Primeira: como os soldados e oficiais negros se entendem com seus colegas franceses? Para ele, a resposta é clara. Os "soldados franceses não demonstram nenhum preconceito ou ressentimento", portanto "os *poilus* e meus homens se tornaram excelentes camaradas". Os oficiais negros como Napoleon Marshall e Dennis L. Reid têm direito às mais altas considerações, embora os oficiais franceses ajam de acordo com sua própria grade de estereótipos raciais. Pois, segundo eles, esses negros americanos, vindos de Nova York, são completamente diferentes dos soldados africanos das colônias.

A segunda consiste em saber se os soldados afro-americanos são capazes de resistir às provações da guerra, aos bombardeios incessantes, como verdadeiras unidades de choque. Embora a experiência dos Cascavéis ainda seja breve e limitada, o coronel Hayward afirma que eles têm se mostrado ao mesmo tempo estoicos e bem-humorados sob as bombas. Os franceses também elogiam sua força. E o fato é que eles tiram vantagem da comparação feita com as tropas coloniais africanas e indianas, vítimas dos preconceitos dos generais franceses, apesar de sua enorme dedicação ao combate. Segundo Hayward, conhecer o barulho e a velocidade de Nova York facilitou a integração de seus homens à frente de combate – tanto no que se refere ao caos dos bombardeios e das luzes ofuscantes quanto à falta de privacidade e o aspecto "colmeia" dos campos de repouso. Os Cascavéis foram feitos para sua missão.

Nas primeiras semanas no Vale do Aisne, o Velho 15º mantém essencialmente uma posição defensiva. Desse modo, as rotações entre as linhas do "regimento Hayward", assim nomeado porque o 369º controla sozinho o setor, são solicitadas pelos homens que se aborrecem na retaguarda. Um cotidiano tão tedioso que alguns soldados resolvem perambular ao longo da linha de frente, como crianças fujonas, até Châlons-sur-Marne. Mas esses "passeios" não agradam ao general Le Gallais, que adverte que esses aventureiros serão enviados para as unidades de trabalho braçal. Para evitar essa volta ao SOS, sinônimo de humilhação coletiva, o coronel Hayward apela mais uma vez a Napoleon Bonaparte Marshall. O capitão, montado num magnífico alazão, tem por missão trazer de volta essas "ovelhas desgarradas". Alguns dias bastam para que a cumpra. Os Cascavéis saidinhos não opõem resistência e voltam para a base.

Uma vez reunidos, os nova-iorquinos enfrentam juntos a propaganda alemã que lhes é dirigida. Além das bombas, o Kaiser solta *flyers*. "Você é um homem corajoso ou um covarde?", assim começa o comunicado destinado a virar a cabeça desses soldados negros que, a cada dia que passa, suscitam mais temor. A retórica racial é desconstruída nele, tintim por tintim, para demonstrar que os corajosos devem voltar para seu país. Que a França será seu túmulo. Melhor ainda: que deveriam mudar de lado, juntar-se ao Kaiser para serem tratados como homens livres. Mas não é o suficiente para desencorajar os Cascavéis, reunidos em torno de sua dupla missão: ganhar a batalha racial e a da democracia.

Em posição defensiva, os nova-iorquinos fecham o leste de Reims. Longe da renúncia sugerida pelos panfletos inimigos, um grito de guerra, de união e de motivação, como um convite à ação, ressoa nas trincheiras dos Cascavéis: *Que diabo! Vamos!*

***

Depois de espalhar o jazz pela França, Jim Europe não vê inconveniente num bocadinho de aventura. Trocar, por algum tempo, sua batuta por um fuzil. Sentir a missão. Buscar o contato. Comovido e exaltado pela recepção calorosa dos franceses, o músico de jazz bem que toparia acompanhar os mais rudes *poilus* numa patrulha noturna. Nessa noite, justamente, ele toma alguns copos de vinho com um punhado de veteranos engajados desde 1914. Autênticos sobreviventes da Batalha de Verdun que contam, em língua inglesa, suas melhores anedotas de guerra ao hóspede americano. Europe não poderia desejar melhor companhia para sua estreia na terra de ninguém. Talvez esteja pensando também em honrar a memória de seu amigo Vernon Castle, cuja morte num acidente de avião nos céus do Texas acaba de lhe ser informada. Empolgado pelo álcool, Europe joga verde: "Uma coisa que eu queria era sair numa incursão noturna. O general acha que ainda não temos experiência suficiente para participar".[1] Os bigodudos se entreolham, e um deles exclama: "Bravo! Vamos fazer uma incursão hoje à noite e você nos acompanha. Apenas peça permissão ao seu coronel". Tarde demais para recuar. O músico teme ficar perdido se seus amigos começarem a falar em francês no calor da ação. Se gritarem "*retraite*" [retirada] e ele avançar... Comparece diante de Hayward com a secreta esperança de que não lhe dê permissão. Ele dá.

Às 19 horas em ponto, Big Jim se encontra com seus amigos franceses. Veste o uniforme completo dos *poilus* e deixa ali todos os acessórios e elementos de identificação que poderiam ser utilizados contra ele em caso de captura pelo inimigo. Europe treme um pouco mais quando um dos veteranos tira seu capacete e coloca nele uma simples touca, explicando que o barulho do capacete pode botá-los a perder no silêncio da terra de ninguém. Partilham, a grandes goles, uma última garrafa de vinho. Europe se força a rir, mas está na cara que está com medo. "Tenente, é hora de ir."

O oficial lhe entrega uma minúscula pistola automática. A menor pistola da guerra, pensa o músico, dizendo para si mesmo que do outro lado são as poderosas Big Bertha que os aguardam. É armado assim que segue com aqueles trinta homens de partida para o inferno. Em fila indiana, no mais perfeito silêncio, percorrem o túnel em direção à linha de frente. O maestro tropeça, suas pernas vacilam, mas segue o movimento noturno, sem nenhum som ao redor. Sua boca está seca. Sente-se como num sonho. Um pesadelo abafado. A tropa se detém no final da trincheira. É aqui, lhe explica um oficial, que começa a terra de ninguém.

Europe levanta a cabeça. Sobre o campo de batalha brilha um céu estrelado. Um dos mais belos que já viu. Um céu sem lua em que se distingue a via láctea. Essas estrelas tão bonitas poderiam, no entanto, iluminá-los demais, torná-los visíveis para o inimigo. Poderiam ser abatidos como coelhos. Talvez devessem adiar a incursão para uma noite mais escura. Murmura isso para si mesmo tão alto que um oficial lhe responde. Há moitas que permitirão que se escondam. Quanto à luz das estrelas, é melhor assim, poderão ver os alemães. Essa lógica desafia a compreensão. Europe quase explode de tensão. "*S'il vous plaît,* dê um passo para o lado", murmura um oficial para ele. Um a um os *poilus* saem da trincheira e evaporam na terra de ninguém. Big Jim espera sua vez. Sente mais um arrepio na espinha quando percebe que dois soldados estão carregando uma maca vazia... "Sou eu que vou voltar nela", diz para si mesmo, amaldiçoando novamente a hora em que se voluntariou para essa loucura.

"Vamos em frente, tenente." O maestro segue o movimento. Como uma lesma, progride rastejando até chegar ao buraco no arame farpado. Corre, arqueja, já dentro da terra de ninguém, esse lugar fantasmagórico de que ouve falar há anos. O uniforme encharcado congela seu corpo, mas ele nem sente o frio. Segue o comboio humano, rastejando até outra abertura no arame farpado, dessa vez no lado alemão, previamente cortado por outra unidade kamikaze. É bom torcer para que esse acesso não tenha sido percebido pelo inimigo, e que não deem de cara com um comitê de recepção armado de metralhadoras. Como num quadro impressionista, Big Jim capta, pincelada por pincelada, os elementos desse universo lunar. As sombras, as crateras, as moitas, as árvores derrubadas, as silhuetas humanas enrodilhadas como fetos. Não há tempo para apreciar os poucos botões coloridos, brancos e amarelos, que ornam os mirrados arbustos sobreviventes ao dilúvio de bombas.

Um batedor se lança à frente. Leva um grande rolo de fita adesiva na mão que serve para indicar o melhor caminho a tomar para as tropas em caso de ataque ou fuga. "Tudo tranquilo", diz ao voltar. De repente, uma série de explosões. Elas vêm de trás, do lado francês. É a artilharia leve que inicia uma operação de "fogo de barragem". As bombas caem cerca de trinta metros à frente da patrulha. Jim se joga no chão. É apenas o prelúdio. Sobre sua cabeça voam agora os tiros de morteiros e os projéteis de calibres maiores, numa apoteose final. Os dedos do tenente penetram mais fundo na terra mole. Cola-se ao chão, tenta desaparecer nele, se deixar engolir pela lama. Após dois minutos de bombardeio, com as linhas inimigas ainda fumegantes, seu vizinho saca uma pistola Very e atira para cima uma bala traçante vermelha. "Ao ataque!" Ainda entorpecido pelo medo, Europe observa os *poilus* se dirigirem agachados até a entrada das trincheiras inimigas. Uma segunda bala traçante ilumina o céu. Levantam-se e correm, empunhando pistolas, para o covil dos alemães.

"Vem comigo, tenente!", grita seu oficial anjo da guarda. De pistola na mão, Europe atravessa os arames farpados, segue a fita adesiva e entra na trincheira alemã. Ao ritmo dos tiros de canhão franceses, a patrulha avança jogando granadas em cada interstício, cada cantinho que pode abrigar um alemão. Mas ninguém aparece. Devem ter fugido, ou estão à espera deles em algum ponto, para pegá-los no contrapé. Uma bala traçante verde. É o sinal para a retirada. Os *poilus* dão meia-volta e se lançam correndo para o lado francês do campo de batalha. Alguns conseguiram pequenas presas de guerra, um capacete alemão aqui, um mapa ali, um pedaço de tecido acolá. Talvez indicações estratégicas, mas sobretudo troféus. O americano se enfia no primeiro abrigo, encharcado agora de suor, quando o bombardeio alemão, em resposta, explode no céu da noite. Por quinze minutos sem interrupção, em que cada um só pensa em salvar sua pele, Big Jim fica ali, metido em seu buraco.

Quando se faz silêncio novamente, o músico retorna ao ponto de partida, recupera suas roupas, agradece educadamente aos franceses pelo convite e volta, cambaleante, para o quartel-general dos americanos. Na manhã seguinte, fica sabendo que dois dos seus quatro acompanhantes foram seriamente feridos durante o bombardeio alemão.

A NOITE HEROICA

POSTO DE OBSERVAÇÃO 29. Noite de 15 de maio. O topo de um capacete Adrian ultrapassa o parapeito. Na ponta dos pés, Henry Johnson, matrícula 103348, 1,70 metros, 58 quilos, se estica para espiar se há algum movimento suspeito.

Esse jovem de 19 anos está longe de ser o mais aguerrido dos soldados, não entende muita coisa de geopolítica nem ostenta grandes ideais. Mas, apesar do tamanho, sabe usar os punhos. Henry Johnson é um grande cabeça-dura nascido na Carolina do Norte, em 1898, filho de plantadores de tabaco, que fugiu de casa aos 12 anos e foi seguindo os trilhos das ferrovias em direção ao norte. Nova York e depois Albany, onde se estabeleceu e ganha a vida como carregador na estação central. Emprego que fortalece seus bíceps, faz dele um viciado no jogo de dados e um grande paquerador.

Nenhum barulho, nenhum movimento. A noite está calma. Ficar no posto de observação não o intimida. É sua segunda passagem pela linha de frente. No início, o mais ínfimo murmúrio o deixava arrepiado, mas agora se sente mais tranquilo. Um pouco confiante demais, talvez, como um verdadeiro profissional da guerra que não teme os alarmes falsos. Quando o tenente Richardson Pratt, do Brooklyn, no comando da Companhia C, propôs levar consigo um esquadrão de jovens para os postos de observação, Johnson logo se voluntariou. Não gosta dos covardes que ficam atirando foguetes de alerta por qualquer coisinha, pondo em risco a segurança de toda a unidade.

Ali está ele à espreita. Com o dedo no gatilho do fuzil Lebel, de olho na nebulosa terra de ninguém, iluminada pelo luar. Uma meia-lua que deixa entrever os contornos da Floresta de Argonne num jogo de sombras enigmático. Henry, que nunca foi de acordar cedo, passou a ver o sol nascer quase todo dia desde que se tornou militar.

Um foguete sinalizador sobe na vertical... Olhar periférico. Respiração trancada. Alarme falso. Cinquenta metros à direita, uma meia seção comandada pelo tenente Richardson Pratt. À esquerda, o Rio Tourbe, quase transbordando do leito por causa das chuvas primaveris. Um pequeno bosque, um campo que desce gradualmente diante dele, rumo à fazenda de Melzicourt. Johnson ajeita o casaco. A temperatura à noite fica na casa dos cinco graus. Olha para trás também. Nunca se sabe. Duas noites antes, franco-atiradores alemães se infiltraram na linha de frente e atiraram neles.

O silêncio é seu aliado. Já houve três conflitos nessa noite, mas nada no seu setor. Melhor assim, já que o posto 29 não dispõe de metralhadora. É apenas um abrigo com capacidade para três homens. Além de Johnson, está ali Needham Roberts, matrícula 103369, 18 anos, originário de Trenton (Nova Jersey), discreto filho de um pastor que trabalhava numa farmácia antes de se alistar nos Cascavéis. Ele também mantém os olhos fixos na terra de ninguém.

Um clique. Vem de trás. Johnson olha para Roberts com o indicador sobre a boca. Silêncio. Faz um sinal com a mão. Siga-me. Os dois se aproximam da extremidade do promontório de Roberts. Johnson mantém o fuzil numa mão e a pistola sinalizadora na outra. Está pronto para fazer uso dos dois. Estão isolados das outras unidades, e o cabo e mais um soldado ficaram dormindo no abrigo central, mais atrás. "Ali!", diz Roberts. "O quê?" Juntam todas as granadas que encontram no abrigo. Respiram fundo. O coração a ponto de explodir. Outro ritmo se sobrepõe: o de uma marcha ordenada. Botas e fuzis que se entrechocam. Johnson dispara o sinalizador. Roberts grita: "Cabo da guarda! Cabo da guarda! Cabo da guarda!". Não há tempo para se esconder. O jeito é encarar. O sinalizador ilumina os arames farpados. Avista-se uma revoada de pássaros... Não, não são pássaros. São granadas. Esses malditos *potato mashers*, assim nomeados por lembrarem um amassador de batatas, que chovem sobre o posto de observação 29.

Johnson e Roberts se jogam no chão, com as mãos sobre a cabeça. O estrondo das granadas é ensurdecedor. Ambos ficam cobertos de lama. Johnson sente uma intensa dor na perna esquerda. Outra nas costas. Ergue-se, senta e olha para o amigo. Roberts está com o rosto ensanguentado. A perna esquerda também, do quadril até o pé. Está mais gravemente ferido que ele. Só Henry pode buscar socorro. Grita: "Cabo da guarda! Cabo da guarda!". Mas este, assim como os dois batedores reserva, está longe demais, separado deles pelo esquadrão alemão invasor.

Henry Johnson fica de pé, fuzil na mão. Uma sombra se mexe. Ele atira. Outra. Atira de novo. Um soldado alemão salta em cima dele, da direita, saindo de repente das trevas. Num reflexo, vira o fuzil e atira, à queima-roupa, a terceira e última bala do tambor, no meio do peito do seu agressor sem rosto. Meia dúzia de alemães surge do lado direito. O dobro, talvez mais, do lado esquerdo. "Cabo da guarda! Cabo da guarda!" Outra granada explode a alguns metros dele. É Roberts que, sentado, emprega suas últimas forças em lançar às cegas os derradeiros *potato mashers* a seu alcance.

Outro alemão se aproxima de Johnson com uma pistola Luger na mão. Não dá tempo de carregar esse maldito fuzil francês. O alemão atira. A bala atinge a coxa do carregador de Albany que ainda consegue, num impulso, virar o fuzil e acertar uma coronhada na cabeça do agressor. Como os franceses, os alemães não usam capacete nas incursões noturnas para evitar o barulho, principalmente ao passar pelos arames. O soldado alemão cambaleia, de olhos arregalados. Abre a boca e pronuncia, num inglês americano perfeito: "Esse filho da mãe me pegou", antes de cair ao lado do seu camarada. Johnson replica: "Esse filho da mãe negro vai te pegar de novo se você levantar". Retoma o fôlego: "Cabo da guarda! Cabo da guarda!" Onde estão os outros? O certo é que os alemães estão por toda parte. Os sons se confundem. "*Vorsicht! Geradeaus! Zuruck!*" E barulhos de granadas, metralhadoras, explosões e chamas por todos os lados.

Johnson se vira para Roberts. Um alemão está pegando seu companheiro por baixo dos braços enquanto outro o puxa pelos tornozelos. Querem fazê-lo prisioneiro. Um prisioneiro inconsciente e ensanguentado. Henry já ouviu as histórias sobre o que os alemães fazem quando pegam um negro: melhor morrer antes.

Sem pensar duas vezes, lança-se em direção ao amigo, tirando do cinto sua arma secreta, uma *bolo knife** que ele mantém sempre afiada pois *vai que*... Ergue a lâmina acima do soldado que está segurando Roberts e o atinge no alto da cabeça, fazendo o sangue espirrar sobre seu uniforme. Puxa a faca de volta e se prepara para atacar o segundo alemão. Sumiu. Resta apenas Roberts, jogado no chão, talvez vivo, talvez morto. Ao longe, movimentos, rumores, gritos. A companhia inteira deve estar ali, escondida no escuro. Mas é atrás dele que um barulho mais próximo o faz dar meia-volta. O primeiro alemão que ele tinha atingido com a coronha do fuzil voltou a se levantar. Cambaleia, morto-vivo, com um estranho sorriso no rosto e a pistola na mão. Dois tiros. Johnson é atingido no ombro e na coxa, de novo. Cai para a frente, de joelhos na lama. No momento em que o *Bush German* vai liquidá-lo, ele enfia sua faca na barrica do inimigo. Com toda a força, até o cabo, fazendo jorrar suas tripas. Dessa vez, não levantará mais.

Ao seu redor, os alemães entram em pânico, fogem para todos os lados. Como ratos largados na terra de ninguém. Os reforços devem estar começando a chegar da retaguarda. Tiros de todos os lados. Os atacantes, que se infiltraram tão bem entre as linhas francesas, caíram agora na armadilha. Percebe o furo feito pelos alemães no arame farpado francês: é por ali que eles fogem. Três homens estão passando por ali, um deles ferido, provavelmente atingido por uma das granadas lançadas por Roberts. Johnson, esmigalhado, quer mesmo assim finalizar o serviço.

* Facão parecido com um machadinho, utilizado nas plantações, mas também nas guerrilhas das Filipinas e de Cuba durante as guerras hispano-americanas.

Encontra a caixa contendo as últimas granadas. Como um jogador de beisebol na prorrogação, mira, ao longe, nos fujões. E, para terminar, lança a caixa vazia.

O soldadinho de Albany junta suas últimas forças para se sentar apoiado no parapeito. Sempre com a faca na mão. Ao longe, um murmúrio. Acredita ouvir palavras em alemão e em inglês. Tudo se confunde. Não foi feito prisioneiro, e Needham continua ali ao seu lado. Se vierem atrás dele, saberá se defender, pensa já meio delirante. Mas não é um alemão que se aproxima dele. É o tenente Pratt. Os homens do posto 28 finalmente chegaram. Johnson mexe os lábios. “Cabo da guarda”, murmura ainda, antes de perder os sentidos.

***

Enrolados em gaze e curativos improvisados, Roberts e Johnson são enviados para longe do palco da carnificina num carrinho puxado por uma mula, pelos trilhos usados normalmente para transportar comida e material. As duas múmias sanguinolentas são levadas até um posto de socorro montado nas proximidades do quartel-general da zona.

Acordado às 3h30 pelo primeiro-sargento Hooper, que lhe faz um relato sucinto da batalha, o capitão Arthur Little joga um roupão por cima do pijama, enfia as botas e sai correndo para alcançar o comboio antes que esse se dirija para o hospital.

Quando chega na barraca de primeiros socorros, anunciam-lhe que seus jovens soldados estão entre a vida e a morte. Aproxima-se, debruça-se sobre as macas, e descobre que ambos estão conscientes. Mutilados e mortificados, mas aparentemente reanimados pela boa dose de rum que o capitão Seth B. Clinton lhes administrou. Tendo em vista a violência dos ataques sofridos, até que os rapazes estão reagindo bem, afirma um médico. Robert foi ferido por estilhaços, uma granada explodiu perto dele e ele foi atingido por uma bala. Já Johnson tem 21 ferimentos, a maioria causada por tiros de pistola. O capitão Little, sentado à cabeceira dos feridos, começa a tomar notas sobre os acontecimentos, ajudado pelo tenente Pratt, que foi o primeiro a acudi-los, antes de abandonar os dois garotos às mãos da equipe médica, que se prepara para transferi-los, com todo cuidado, ao hospital do quartel-general.

No momento de ser transportado para a ambulância, Johnson faz sinal ao capitão Little para que se aproxime. O capitão se ajoelha. "Senhor, capitão, senhor", murmura o soldado em voz rouca e solene, "não se preocupe comigo. Estou bem. Já atiraram em mim antes".

Ao amanhecer, Arthur Little visita o local da batalha para avaliar a veracidade do relato dos dois jovens soldados. É sua obrigação controlar escrupulosamente a zona e redigir relatórios detalhados destinados a seus superiores. Se aquilo for verdade, os dois merecerão as mais altas distinções militares.

Na lama do posto de combate 29, o que não falta são indícios. Em sua fuga, os alemães deixaram um monte de acessórios. Little toma nota: quarenta granadas de mão, sete alicates longos de cortar arame, três pistolas e três quepes. Um deles, com um furo de cinco centímetros e um tufo de cabelos colado dentro pelo sangue seco. Esse escalpelo traz a marca da famosa *bolo knife* do pequeno Johnson. No chão, pegadas em todas as direções atestam uma confusão de marca maior. O capitão faz as contas. A proporção média é de um alicate para cada sete homens; considerando o relato e os vestígios levantados, o franzino carregador de malas de Albany deve ter posto para correr 24 alemães. Uma verdadeira proeza de guerra.

O capitão segue os rastros dos invasores. Eles deixaram vestígios ao longo de toda a fuga. Pedaços de tecido presos nos arames, um kit de primeiros socorros explodido, marcas de macas, bandagens desenroladas, pedaços de equipamentos e de carne humana por mais de um quilômetro. Sobretudo, poças de sangue nos buracos abertos pelas granadas. Poças que pontuam de vermelho-carmesim o caminho de desolação que vai dar nas águas escuras do Aisne. Lá onde desaparece o rastro dos alemães fugidos.

De volta ao quartel-general, Arthur Little dita suas notas. E recomenda que Johnson e Roberts recebam as mais altas distinções militares por sua bravura.

***

No dia 31 de maio, quando o 1º Batalhão é substituído na linha de frente, o capitão Little faz um desvio a caminho de Maffrécourt para visitar os dois rapazes que convalescem no hospital. Sua vida não está mais em perigo, mas as sequelas da noite heroica são grandes. Henry Johnson, sobretudo, ficará marcado para o resto da vida. Sua perna esquerda continua presa ao corpo por um monte de ferragens e os ossos do pé foram simplesmente moídos. Mesmo assim, quando o capitão se aproxima, os dois rapazes sorriem. Garantem estar se sentindo bem e demonstram isso conversando. Little, o homem de letras, não está na mesma frequência de onda que seus jovens recrutas da classe trabalhadora. Não tem a mesma maneira de falar nem os mesmos códigos sociais. Chega então à pergunta que não quer calar: "Diga-me, soldado, como pode ser tão eficaz com uma *bolo knife*?". Johnson sorri sem responder. "Quero dizer", continua Little, "você já combateu utilizando essa arma?". Johnson e Roberts trocam um olhar cúmplice. Tentam controlar a risada que está querendo vir. Johnson morde os lábios, luta para não gargalhar diante do capitão a que deve respeito. "Senhor, capitão, senhor. O senhor quer saber se já lutei com uma faca?", consegue articular. Roberts então cai na risada. E Johnson faz o mesmo. Riem cada vez mais alto, sem conseguir segurar. Riem sem maldade, da ingenuidade do chefe. Um riso tão contagioso que o próprio capitão Little, de início perplexo, também começa a gargalhar. E, ao redor, todas as enfermeiras e os pacientes se deixam levar pela alegria dos americanos. Numa catarse inédita, as paredes do hospital vibram com uma gargalhada generalizada.

***

Enquanto o sangue ainda está nas crateras, o coronel Hayward vem inspecionar o cenário da noite heroica. Não está sozinho. Ao seu lado, três repórteres de guerra. Irving S. Cobb, do *Saturday Evening Post*; Martin Green, do *Evening World*; e Lincoln Eyre, do *New York World*. Na véspera, tinha convidado esses três jornalistas para conhecer suas tropas e ouvir a orquestra, conduzida por Noble Sissle enquanto Jim Europe estava na linha de frente. Mas a manobra publicitária não estava dando muito certo. Um dos repórteres não é bem recebido pelos Cascavéis. Irving Cobb, homem obeso de sobrancelhas grossas e charuto sempre pendurado nos lábios, é um sulista escarnecedor e racista. Personagem conhecido por seu desprezo aos afro-americanos. De modo que muitos soldados se recusam a apertar sua mão, e outros lhe dão as costas de maneira ostensiva. Hayward, que desde a formação das suas tropas, nas ruas do Harlem, tomava para si a responsabilidade pelas relações públicas dos Cascavéis, quer, tanto para seus homens quanto para sua carreira pessoal, que a imprensa fale – e fale bem – do regimento. Por isso convenceu esses três jornalistas a acompanhar seus homens por alguns dias. A narração de suas aventuras é um elemento fundamental para essa empreitada de reconhecimento dos negros americanos. Expor seus feitos de armas e seu comprometimento, sua seriedade. Mostrar que são seres humanos.

Mais uma vez, a música ajudou a descontrair o clima. O gordo sulista aprecia o show, arrematado por uma soberba *Dixie*,* enquanto a lua cheia brilha sobre as colinas de Maffrécourt. Cobb fica encantado com a música, mas o que ele quer é ação. E, para dizer a verdade, a vida no acampamento é das mais tediosas. Assim que fica sabendo das façanhas de Johnson, Hayward aproveita a ocasião para alimentar seus convidados, que buscam desesperadamente uma boa história para contar. O relatório de Arthur Little é promissor. "Tivemos um combate esta manhã. Dois dos nossos homens travaram uma batalha infernal por alguns intensos minutos. Acabo de redigir meu relatório. O senhor quer consultá-lo?"

Antes mesmo de terminar a leitura, os três enviados especiais sabem que têm ali a história do ano. Pedem então para visitar o local da batalha com o coronel para poderem descrever melhor a cena. E é assim que, em fila indiana atrás do chefe dos Cascavéis, os repórteres chegam ao palco do combate. Suando e arquejando como um porco, Cobb tem que fazer três pausas no caminho até chegar ao cenário do ataque. Ao meio-dia, à mesa com o capitão Little na cantina do posto de comando, o repórter sulista toma a palavra. "Sei que não se deve falar de trabalho durante as refeições... Mas que treinamento Henry Johnson recebeu em termos de combate de trincheira antes de ter posto pra correr 24

* Gênero de canção muito popular entre os brancos dos estados do Sul (região conhecida justamente como Dixieland), especialmente durante a Guerra de Secessão.

alemães?" Little responde: "O mesmo que o resto do regimento. Não mais do que três semanas. Em teoria. Na prática, levando em conta o tempo gasto em deslocamentos e a rotina dos primeiros dias com os franceses, diria que o treinamento especial de nossos homens corresponde a uma semana do que os recrutas recebem nos campos dos Estados Unidos". Cobb retoma: "Tenho a impressão de que se tivessem recebido o mesmo treinamento que nossos rapazes estão recebendo hoje, esse Henry Johnson já teria tomado Berlim de assalto sozinho".

Alguns dias depois, as prensas do *New York World* imprimem esta manchete: "A batalha de Henry Johnson". O artigo de Lincoln Eyre, retomado pela Associated Press, conta, com os requintes de um romance de aventuras, o prodígio de Johnson, garantindo assim o alcance histórico dessa noite sangrenta. O pequeno carregador de malas da estação de Albany, anônimo entre os anônimos, invisível entre os invisíveis, deixa sua assinatura numa façanha lendária. Os jornalistas transformam o relatório circunstanciado de Little num roteiro digno de Hollywood. A Grande Guerra tem seu primeiro herói negro americano.

O artigo intitulado "Jovem negro Joe", publicado em três páginas no *Saturday Evening Post* em 24 de agosto de 1918 (quatro meses depois da noite heroica), comoverá ainda mais a população americana. É através da pena de Irving S. Cobb que Johnson se torna um símbolo, uma espécie de super-herói que, sozinho, vence os "hunos" e salva seu irmão de cor e coração. O *Saturday Evening Post* tem tiragem nacional. E Cobb é um cronista reconhecido.

O autor racista não esconde sua surpresa. É com espanto que constata a potência do 369º, personificada pelo carregador de Albany. Cobb não altera seu vocabulário racista, joga com todos os clichês, acrescenta até outros, mas também expõe os questionamentos a que sua visita aos "meninos perdidos" o levou na longa frase que serve de fecho a seu artigo.

> Pessoalmente sou da opinião, e afirmo isso, acredito, com a melhor graça do mundo, visto que sou um sulista com todos os preconceitos sulistas herdados e adquiridos no que toca à questão da raça – que como resultado do que nossos soldados negros farão nessa guerra,

uma palavra que foi pronunciada bilhões de vezes em nosso país, às vezes com desprezo, às vezes com ódio, às vezes com toda benevolência – mas que, estou certo, nunca entrou em ouvidos negros sem causar uma ferida no coração – terá um novo significado para todos nós, do Sul e do Norte também, e que daí em diante *p-r-e-t-o* será apenas um outro jeito de soletrar a palavra *americano*.

Ao voltar para Nova York, o autor segregacionista receberá testemunhos de leitores que jamais teria imaginado contar entre seus fãs. Negros americanos lhe agradecem por ter contado a história de Henry Johnson. Por ter feito um mito daquele que era um zé-ninguém antes de se juntar aos recrutas da Tabacaria e de se tornar, naquela noite de maio, um verdadeiro herói de Argonne.

Contudo, por mais que sejam elogiosos, os estereótipos sobre os afro-americanos abundam nos artigos a respeito do episódio Johnson. Ao descrever o heroísmo do jovem carregador de malas, os repórteres pesam a mão num apetite sanguinário, numa violência desenfreada – 24 alemães passados na faca – que ilustra uma forma do homem-animal condizente com as teses racistas que servem de base à doutrina Jim Crow. A ilustração que acompanha o primeiro relato dessa noite heroica no *New York Herald* demonstra isso muito bem. Em vez de ter o físico mais para franzino do verdadeiro soldado Johnson, o "herói" mostrado aos leitores americanos assume a forma de um personagem monstruoso, gigantesco, de olhos exorbitados. Uma ameaça mais do que um protetor.

O BLUES DOS CASCAVÉIS

A MELODIA É SUAVE, lenta, sem ritmo sincopado nem banjo. É uma canção de amor à francesa, em suma, que Jim Europe está compondo em seu quarto do posto de retaguarda de Maffrécourt. Com o inseparável Noble Sissle, o maestro de Manhattan conseguiu emprestado um piano de uma família do vilarejo vizinho. Até para as trincheiras tinha conseguido levar o órgãozinho a pedal de um capelão para fazer o *ragtime* ressoar sob a terra de Argonne. Aqui na retaguarda, ele compõe de espírito sereno, diante de uma janela em que seu olhar se perde pelas plantações de mostarda e colinas da França. Do Harlem ao Marne, o blues de Europe não tem fronteiras. A pedido de um oficial americano que deseja uma canção sobre sua casa, de que tanta falta sente, compõe um blues delicado, bem diferente dos ritornelos das canções de trabalho. Uma canção ao mesmo tempo romântica e nostálgica.

No azul dos céus
Vejo o azul dos seus olhos
Na canção comovente do pássaro

É tua voz que ouço
Que me comove, me aquieta
Com angústia de amor me enche
Encontro na branca flor-de-lis
Um hino à tua pureza.
Quando as abelhas beijam a vinha
Sinto teus lábios me tocando
O alento da rosa
Revela tuas tranças perfumadas...
Tudo me lembra de ti
Tudo me lembra de ti.

Jim produz sem parar. Escreve "I've an Observation Tower of My Own" [Tenho uma torre de observação só para mim], mas também "Trench Trot" [Trote da Trincheira] e "I've Got the Map of Your Heart" [Tenho o mapa do seu coração] – não o mapa das trincheiras, o do coração de sua amada. Amor e batalhas; geopolítica e sentimentos. O rei do jazz encontra aqui uma nova inspiração. Após dez dias de pausa criativa, Big Jim arruma seus pertences, abraça seu amigo Siss – que vai para a frente de combate numa outra cadência – e parte para a primeira linha. O trauma daquela patrulha noturna já é coisa do passado. A proximidade da morte se tornou um hábito. A desumanidade sem pausa. Troca o piano pela metralhadora e a orquestra pelo pelotão de matadores que lidera como tenente.

Alguns dias depois, em meados de junho, é numa maca, em estado grave, que Jim Europe deixa seus colegas de trincheira. Estava chefiando uma patrulha noturna. O músico é transportado para o hospital de guerra de Gizaucourt, mais especificamente, para a sala reservada às vítimas de gás. Entre as múmias que estão ali, Jim logo passa a ser reconhecível pelas partituras amassadas dispostas ao redor do seu leito. Seus vizinhos são criaturas bizarras e monstruosas. Cada um atingido por um gás, em diferentes doses, ou por algum dos mortíferos coquetéis que já descrevemos. Aqui bocas escancaradas, ali olhos entumecidos. Por toda parte, cheiro de medicamentos e de substâncias fervidas. Gemidos rompem, regularmente, a calma do repouso forçado. O tenente

Europe, com as costas apoiadas numa almofada, enche partituras e mais partituras. Seus olhos estão intactos detrás dos óculos redondos em armação de tartaruga. "Que alegria ver você, rapaz", diz a Noble Sissle quando este vem visitá-lo. "Quero te mostrar a ideia de uma canção que tive esta noite, durante o bombardeio..." Na cama, Europe escreveu a composição que virá a ser sua música mais célebre desse período europeu, seu *hit* de guerra: "On Patrol in No Man's Land" [Em patrulha na terra de ninguém].

Que horas são? Nove?
Em fila
Ok, rapazes, agora devagar
Estão prontos? Firme!
Muito bem, Eddie
Até o topo, vamos lá
Em silêncio, senão vai ser o caos
Mantenham distância, sigam
Cubra, irmão, e ao me ver girar
Obedeça minhas ordens e vai dar tudo certo
Tem uma Minenwerfer vindo
Atenção (bang!)
Ouça esse estrondo (bang!)
Segura, é um sinalizador
Se arfar eles vão te achar
Não atire ainda essas granadas de mão (ra-ta-ta-ta-tá)
É uma metralhadora, Deus do céu
Alerta! Gás! Coloque a máscara
Ajuste bem e dê no pé
No chão! Um obus do fogo de barragem alemão
Encostado no chão, quanto mais puder, não levante
Rasteje e me siga, só isso
O que está ouvindo? Nada perto
Não tema, a barra tá limpa
A vida é um passeio
Quando você sai numa patrulha

No meio da terra de ninguém
Não é demais?
No meio da terra de ninguém.

O veredito do médico é inapelável: Europe não pode mais combater na primeira linha. O maestro será transferido para uma casa de repouso na periferia de Paris. Adeus patrulhas e bombas. Mas o tenente ferido se sente mais do que nunca um Cascavel. A proximidade da capital e o tempo livre permitirão que se concentre na orquestra. É ali que será mais útil de agora em diante.

***

Uma fumaça bege, densa e impenetrável invadiu a planície entre Maffrécourt e Berzieux. Impossível distinguir os uniformes. Uns gritam, uns morrem. No dia 6 de junho de 1918, o ataque conjunto de um batalhão americano e um francês estava sendo esperado pelas metralhadoras dos homens do Kaiser. A munição dos alemães parece infinita. E os homens parecem se regenerar. Hayward e Fish estão na primeira linha. Querem dar o exemplo para fortalecer o moral da tropa. De olhos semicerrados, cabeça descoberta (seu capacete caiu no meio da confusão do combate), corpo aquecido pelas balas e pelas granadas que explodem ao redor, o coronel contempla a batalha. Um oficial francês aparece entre duas colunas de fumaça. Mexe os braços como um fantoche. "Retirada! Retirada!", grita em inglês. Os americanos estão numa ratoeira. Vão morrer todos se não derem no pé. Hayward responde: "Meus rapazes nunca fogem. Avançam ou morrem!". Palavras de cartaz publicitário, que reforçam a aura do coronel, sob o risco de esta se tornar póstuma. Grito de guerra ou epitáfio, o fato é que Hayward segue adiante. Arranca as águias dos bordados que identificam seu posto no uniforme, pega o fuzil de um soldado e se lança à frente dos homens espalhados, direto contra o inimigo. Alguns lances adiante, leva um tiro no joelho. O tenente-coronel Pickering e seis outros Cascavéis também voltam carregados em macas. Mas não antes de o inimigo ter fugido, inscrevendo mais uma vitória na lista de glórias dos americanos. *Poilus* atípicos que ganharam um apelido, dado por seus inimigos e retomado por seus aliados: os Hellfighters, os "soldados do inferno", tão solidários e tão fortes que nunca se dão por vencidos.

Essa façanha militar, uma verdadeira temeridade, tinha por objetivo reafirmar a liderança de Hayward sobre um regimento que começava a sofrer o desgaste da guerra, maltratado tanto pelos alemães quanto por alguns dissensos internos. Com as primeiras mortes, os homens que desembarcaram em Brest passam a receber reforços. Os novos soldados são recrutas que saem direto do Serviço de Reabastecimento, que não sabem o que é a frente de combate, não passaram pelo processo de integração dos outros, não conheceram o olhar do general Gouraud, nem a camaradagem dos franceses, nem esse espírito de corpo criado em meio às dificuldades, do Harlem a Argonne, passando por Spartanburg, o Campo Merrit e o *Pocahontas*.

Hayward também anda tendo dificuldades com alguns oficiais. Os mais ambiciosos querem mudar de panorama e acumular outras condecorações. Os jovens brancos e arrogantes, formados nas prestigiosas universidades da costa leste, mexem os pauzinhos para serem transferidos a outros regimentos. Ham Fish, embora adore sua companhia e seja adorado por ela, bem que gostaria de ir para o 78º Regimento. O tenente John Castles também não esconde seu descontentamento. Critica a utilização dos Cascavéis, pouco treinados, como bucha de canhão, e aponta Hayward como principal responsável pela situação.

E mesmo os oficiais negros se sentem postos de lado. Nenhuma ascensão hierárquica é consentida a eles. O velho Fillmore resmunga. Seu "Velho 15º", transformado em 369º RIUS, chamado também de "regimento Hayward", é mantido numa redoma pelo exército americano. Essa experiência social inédita não deve se desenvolver.

Hayward sabe: não poderá bancar o herói indefinidamente para garantir a coesão da tropa. A bala que feriu seu joelho é uma advertência séria. À medida que os alemães se aproximam de Reims, os meninos perdidos precisam se encontrar. Senão, correm o risco de desaparecer para sempre.

***

O general Gouraud está com a cabeça em outro lugar. O velho leão gosta de música, mas, nessa noite de 4 de julho, não consegue se concentrar na apresentação da fabulosa orquestra americana. No palco do quartel-general de Châlons-sur-Marne, Eugene Mikell pegou na batuta para substituir Big Jim, ainda convalescente, e reger uma seleção das melhores melodias, a fim de celebrar a festa nacional americana. Uma verdadeira coletânea, com as canções de trabalho, marchas militares, clássicos do *ragtime* e, para culminar, Noble Sissle interpretando "Jeanne d'Arc", a preferida do general francês. Mas mesmo a balada em versão blues não chega a penetrar a armadura. O leão está contrariado. Faz alguns dias que informações obtidas pelos espiões Aliados anunciam que quarenta divisões alemãs estão em deslocamento. Um ataque de amplitude inédita está sendo preparado no setor Champagne-Marne, entre Reims e Verdun, nas proximidades da Floresta de Argonne. Setor a que pertence o 369º, parte do qual está ali no palco tentando diverti-lo.

Entre cada música, Gouraud recebe novos telegramas. Há duas datas plausíveis para a ofensiva. O dia 4 de julho, ou seja, essa mesma noite, por causa da festa nacional americana. Ou o dia 14 de julho, data da festa nacional francesa. Quando os soldados estiverem festejando e bebendo vinho, relaxando a guarda, os *boches* atacarão. Bem no meio do show de Châlons, um bombardeio aéreo provoca uma pausa. Nada muito sério. A grande ofensiva não será esta noite. O leão cumprimenta os músicos e volta ao trabalho.

Gouraud já elaborou seu plano de defesa. Uma armadilha com aspecto de miragem. O general da barba ruiva mandou suas tropas evacuarem a primeira linha das trincheiras e concentrarem os batalhões na segunda. Mas, para criar a ilusão de que nada mudou, de que os *poilus* permanecem na primeira linha, uma patrulha "de camuflagem" deverá permanecer no local. Ou seja, um pelotão deverá fingir que é um exército. Metralhar, lançar granadas, replicar, fazer barulho, mas não se deixar localizar. Uma missão de alto risco, já que só no último momento, quando os alemães se lançarem ao ataque das trincheiras, é que o pelotão poderá bater em retirada, o mais rápido possível, para se juntar ao grosso da tropa, pronta para bombardear o inimigo.

Enquanto a orquestra afina os instrumentos, outros membros do 369º organizam um torneio de beisebol entre os batalhões que deverá coroar o campeão do regimento. Esse acontecimento, digno de uma final de campeonato, permite que brilhem os sensacionais jogadores das Ligas Negras, entre os quais o famoso Spot Poles. Mas o general Le Gallais não entende nada desse esporte bárbaro. Ele vem falar de outra tática. E explicar mais uma vez a armadilha imaginada pelo estado-maior. Os rapazes do Harlem fazem uma pausa no torneio e tomam posição, à maneira das bases em formato de diamante do campo do seu esporte preferido. O primeiro batalhão se instala num morro ao norte de Courtemont. O segundo, num morro mais à direita, do lado de Maffrécourt. E o terceiro em Bersieux. O capitão Hamilton Fish em pessoa se voluntariou para comandar a campanha de camuflagem. "Não creio que tenhamos uma só chance de sobreviver ao primeiro assalto deles", escreve ao pai numa carta em tom de desespero. Ao lado dos seus homens mais intrépidos, ocupa mesmo assim seu posto na primeira linha, bancando o exército invencível. Com toda a atenção voltada para a terra de ninguém, aguardam o dilúvio de fogo.

No dia 7 de julho, o general Gouraud envia um telegrama aos *poilus*, franceses e americanos, do 4º Exército:

> Ordem aos soldados franceses e americanos do 4º Exército.
>
> Podemos ser atacados a qualquer momento.
>
> Vocês sabem que jamais uma batalha defensiva foi travada em melhores condições.
>
> Observamos tudo e estamos bem informados.
>
> Temos reforços poderosos de infantaria e artilharia.
>
> Combatemos num terreno que vocês transformaram, com nosso trabalho persistente, numa formidável fortaleza – uma fortaleza invencível se todos os acessos forem bem guardados.
>
> O bombardeio será terrível; vocês resistirão a ele sem perder a coragem.
>
> O assalto será feroz, numa nuvem de poeira, fumaça e gás.
>
> Mas o veneno e o armamento de vocês são formidáveis.

Em vossos peitos bate o coração forte e corajoso dos homens livres.

Ninguém olhará para trás, ninguém recuará um passo.

Todos terão apenas um pensamento – matar, matar o máximo possível, até que eles não possam mais.

E é o general de vocês que lhes diz: vamos barrar esse assalto, e será um dia magnífico.

Gouraud,
Comandante do 4º Exército

VERÃO DE 1918

HELLFIGHTERS

O ATAQUE DE 14 DE JULHO

MEIA-NOITE. As rolhas de champanhe fazem "pop" nas trincheiras. Um crepitar alegre de repente recoberto por um eco aterrorizante. O grande bombardeio alemão, previsto por Gouraud, começou. As garrafas – uma para cada quatro homens – são esvaziadas em alguns goles. Todos vão para os abrigos. Está na hora de os corajosos atores da primeira linha lançarem sua operação de resistência. Hora de se multiplicar. Nessa noite, ninguém pode fraquejar. Faz sete meses que os Cascavéis desembarcaram na França. Hoje é sua prova de fogo. Diante dos canhões do exército do Kaiser apontados para eles, terão de provar que são verdadeiros heróis.

Mancando com bengalas, o coronel Hayward toma posição no posto de comando. Prepara-se para uma noite inteira de combate intensivo. O capitão Arthur Little envia um mensageiro a Maffrécourt para transmitir uma informação urgente. É preciso trazer as cozinhas ambulantes: o café da manhã será tomado nas trincheiras.

Uma incessante chuva de meteoritos ilumina a noite. O saldo do bombardeio vai sendo escrito gradualmente, entre vagões explodidos, cavalos estripados e homens esmagados. A unidade de Horace Pippin

– Companhia K, 3º Batalhão – sofre seis perdas, cinco feridos e seis homens atingidos por gás ao percorrer uma linha de trincheira intermediária. Aos gritos de agonia e às explosões surdas respondem, durante toda a noite, frases de encorajamento, em francês e inglês. "Vamos lá! Temos que aguentar firme!"

De manhãzinha, os alemães continuam a atacar, mas nenhum capacete pontudo conseguiu atravessar a cortina de fogo dos nova-iorquinos. Os rapazes da primeira linha cumpriram tão bem sua missão que não apenas mantiveram posição como ganharam terreno, repelindo os alemães alguns quilômetros para trás do ponto de partida. É nesse momento crucial que a AEF decide incorporar mais cerca de trezentos recrutas aos Hellfighters, concentrados em sua missão de resistência.

Na hora do almoço, o bombardeio das artilharias persiste. Mas as respostas se tornam mais espaçadas. O capitão André de Fouquiers, adjunto do general Hély d'Oissel, comandante do 8º Exército, aproveita uma calmaria para informar os homens de que a primeira parte da armadilha funcionou. Em três quartos do território entre Verdun e Reims, os alemães não conseguiram transpor as valas da primeira linha francesa. E os raros avanços estão sendo contidos pela segunda linha defensiva Aliada.

Conectados ao mundo exterior apenas pelos tiros de corrida dos intrépidos mensageiros e pelos voos dos pombos-correios, os homens da frente de combate têm uma visão parcial, e muitas vezes distorcida, dos avanços da guerra. Nada mais propício à perda de confiança e à imaginação dos piores roteiros. Então, como um bom pai ou um bom professor, o general Henri Gouraud pega na pena para remobilizar as tropas e parabenizá-las ao mesmo tempo. A ideia é reforçar o moral e garantir o apoio coletivo a seu líder de barba avermelhada. No dia 16 de julho, a carta nº 6954/3 induz mais euforia que a melhor das champanhes.

> 16 de julho de 1918,
> Soldados do 4º Exército,
>
> Durante o dia 15 de julho, vocês barraram os esforços de quinze divisões alemãs, apoiadas por outras dez.

Eles tinham ordem de chegar ao Rio Marne à noite, mas vocês os detiveram onde queríamos e venceram a batalha.

Vocês têm o direito de estar orgulhosos, homens heroicos da infantaria e metralhadores dos postos avançados que assinalaram e divisaram os ataques deles, batalhões e baterias que os surraram, oficiais que prepararam minuciosamente o campo de batalha.

Foi um duro golpe para o inimigo. Foi um belo dia para a França.

Conto com vocês para que o mesmo aconteça a cada vez que eles ousarem nos atacar, e do fundo do meu coração de soldado agradeço a vocês.

Gouraud

***

A carta do dia seguinte não tem o mesmo tom elogioso. Destinada aos Hellfighters, a ordem estipula que está na hora de passar para a ofensiva. É preciso contra-atacar antes que os alemães se instalem na primeira linha e se regenerem.

O ponto de encontro tem uma reputação sinistra. O setor arborizado da elevação do Mesnil, também conhecido como "o Calvário" pelos franceses, foi palco da morte de duzentos mil soldados nos dois primeiros anos da guerra. Aqui, o plano do general Gouraud não funcionou como previsto: os alemães se estabeleceram nos túneis da antiga primeira linha defendida pelos *poilus*. A missão é tão simples quanto perigosa: desalojá-los o quanto antes. Ainda mais porque o poder de fogo deles é considerável. Três regimentos franceses da 161ª Divisão do general Georges Lebouc já estão comprometidos nas proximidades do "Calvário".

Ao amanhecer do dia 18 de julho, o regimento americano se engaja em sua nova missão. Sobre suas cabeças pairam como aves de rapina aviões de reconhecimento alemães. Depois de um dia de marcha, os nova-iorquinos tomam posição ao redor do "Calvário".

Uma vez reunidos os três batalhões (2.816 praças e 52 oficiais), o coronel Hayward convoca os chefes. Será sob as denominações de posto de comando "New York", "Brooklyn" e "Harlem" que o major Arthur Little (promovido na véspera), o capitão Frederick Cobb e o major Lorillard Spencer conduzirão suas tropas. Eles poderão contar com o apoio de duas unidades de choque, de alta mobilidade, dispostas em suas alas. À esquerda, um regimento de caçadores alpinos franceses. À direita, um regimento de experientes soldados marroquinos.

Mal os homens do 369º tomam posição no centro de resistência, já são intimados a lançar a ofensiva na mesma noite.

"Mantenham a cabeça baixa! Continuem andando!" Às 18 horas, os Cascavéis saem, um a um, da toca. Num alarido de panelas batendo, de tosses secas e de botas se arrancando da lama, a progressão nada tem de heroica. Cada passo os afasta mais de sua humanidade, e os leva para um além mortífero, uma triste terra incógnita. O 1º Batalhão do 369º avança, sob o olhar de Arthur Little, rumo às linhas inimigas. Mas tem alguma coisa errada. Os Hellfighters não são os únicos a executar um assalto que tem por pré-requisito ser o mais discreto possível... Estão correndo ao lado de outro batalhão de soldados franceses, aparentemente designado para a mesma missão no mesmo momento em função de algum erro de comunicação. Um engarrafamento de *poilus*, americanos e franceses, galopando por um caminho altamente exposto aos tiros alemães. Arthur Little não encontra uma solução militar para o problema; é tarde demais. Só lhe resta implorar a Deus que salve seus homens de um massacre anunciado. Ergue os olhos para o céu... Algumas sombras atravessam as nuvens, com um rugido medonho. Um esquadrão de aviões alemães de reconhecimento paira sobre seus homens no momento em que caminham a descoberto, impedindo temporariamente os canhões inimigos de lançar sua chuva de obuses para não atingir seus próprios aviões. O 1º Batalhão está salvo, a prece do major Little foi atendida.

É noite escura quando ressoam os primeiros tiros da artilharia alemã; os Cascavéis já se abrigaram nos túneis do centro de resistência Vilquin, um lugar de terra argilosa, semeado de restos humanos e destroços de todos os tipos. Impossível dormir com aquela barulheira, mas é preciso repousar os corpos antes da corrida até o morro, prevista para o nascer do sol. As metralhadoras estão prontas; os cavalos, à disposição. O jeito é aguardar, de olhos semicerrados, a ordem de se jogar de novo sobre o inimigo.

O apito estridente é pontual. Os Cascavéis se lançam para além do parapeito, numa corrida louca em meio a uma paisagem de crateras e gêiseres, de gás e explosões secas. Apoiados pelas metralhadoras e pela artilharia franco-americana, os Hellfighters saltam, rastejam, ziguezagueiam. Percorrem dois quilômetros com fuzis Lebel na mão, até retomarem a zona dos alemães, que, com seus rostos sem barba e tão brancos, vão ficando pelo chão entre fuzis quebrados e capacetes pontudos virados. Catorze corpos de soldados negros americanos ficam pelo chão também. Cinquenta e um nova-iorquinos são feridos.

Na mesma noite, a Companhia B do capitão Charles Fillmore vem reforçar a posição conquistada pela vanguarda. A seguir, os prisioneiros alemães são enviados para a retaguarda. Vistos de perto, esses rapazes não têm nada dos ferozes "hunos", meio homens, meio monstros, descritos pela propaganda de guerra nos Estados Unidos. São jovens amedrontados que parecem aliviados por poderem finalmente sair da linha de frente. Quando passam, os nova-iorquinos lhes dão um pouco de tabaco e de doces.

Nos dias seguintes, os Hellfighters e seus camaradas da 161ª Divisão francesa reconquistam metodicamente a zona, sob o bombardeio constante da artilharia alemã de longo alcance. No total, 22 oficiais e 768 praças americanos são mortos ou feridos em quase dez dias de retomada de terreno.

Desde a descoberta da frente de combate com os instrutores franceses, o dilúvio de fogo dos homens do Kaiser e a gripe espanhola mataram quase a metade do efetivo inicial dos Cascavéis.

No amanhecer do dia 23 de julho, a bandeira com a cascavel é plantada no topo da elevação do Mesnil. Os Hellfighters são os novos donos do "Calvário". Instalam-se ali de acordo com o ritual das trincheiras. Um batalhão na primeira linha, um segundo na zona intermediária, o terceiro na retaguarda, como apoio. O último bolsão de resistência alemã foi evacuado às pressas por um inimigo louco para bater em retirada. Como se um desastre natural tivesse feito os homens desaparecerem, deixando aqui e ali seus acessórios e pertences pessoais. Presas de guerra ou suvenires, os Cascavéis recolhem mapas, munições e lanternas. Há cerca de vinte cadáveres de soldados alemães espalhados pelo chão desse último abrigo. Seria arriscado demais lhes oferecer uma sepultura visível do céu, os coveiros poderiam acabar nas covas. É na terra movediça das paredes da trincheira que os Hellfighters cavarão os túmulos de suas vítimas.

MATAR O TEMPO

CENTRO DE RESISTÊNCIA Vilquin: eis o acampamento de verão dos Cascavéis, onde se estabelecem em 24 de julho de 1918. Fica situado entre a elevação do Mesnil e a Main de Massiges – uma rede de trincheiras duramente disputada em 1915, às custas de milhares de vítimas coloniais. Sua posição topográfica está longe de garantir a tranquilidade de seus ocupantes. Localizada aos pés de um morro, sem aprofundamento seguro nem elevação que permita a visão dos arredores, essa toca deixa os homens particularmente vulneráveis aos estilhaços de bombas e às balas perdidas. Aquele que não respeita as instruções de segurança e se põe a descoberto é um homem morto. A golpes de pá e de picareta, os soldados de Nova York recriam um espaço de vida nesse buraco de ratos sovado por meses de bombardeios. Embora os alemães tenham sofrido uma severa derrota no início de julho, que jogou água fria em seus planos de conquistar Paris, eles continuam emboscados por ali, atrás de uma faixa de terra de ninguém cuja largura varia de quinze a oitocentos metros.

A guerra, aqui, assume uma nova feição. As primeiras operações de infiltração-relâmpago permitem fazer um punhado de prisioneiros e trazer alguns fragmentos de informações estratégicas. Mas nada de decisivo. Considerado "calmo" nos relatórios de Hayward, o setor é regularmente bombardeado pelos obuses dos alemães, que se tornaram tão invisíveis quanto perigosos. As mulas e os cavalos, indispensáveis para o aprovisionamento do campo, são as principais vítimas dos tiros do exército do Kaiser. Cerca de sessenta animais morrem em alguns dias.

Os Hellfighters da Tabacaria, agora já veteranos das trincheiras, recebem reforços das outras unidades *de cor* até então confinadas à retaguarda e às tarefas subalternas. Isso quando não são homens que acabam de chegar dos EUA. Mais *poilus* do que os próprios *poilus*, os Cascavéis "históricos" têm dificuldade em acolher esses novatos que ficam histéricos com a primeira explosão e estão sempre a ponto de pôr tudo a perder graças à sua ignorância na arte da camuflagem e da vida subterrânea.

No dia 31 de julho, o tenente Arch Worsham, recém-chegado, mas já admirado por sua tropa, assume o comando de uma patrulha encarregada de destruir um posto metralhador inimigo. Uma rajada de balas o extermina, e a seis dos seus homens, antes mesmo de a ofensiva ser lançada. Seu corpo, inicialmente guardado num estábulo, é levado para um pequeno cemitério da cidadezinha de Valmy, onde um funeral é improvisado ao som triste das cornetas da orquestra.

Acabou-se a farra. Um mau pressentimento toma conta pouco a pouco dos americanos. O medo de morrer sem ter tido a chance de provar seu valor em combate. De ser eliminado assim, por um simples golpe do destino. Um lance de dados azarado. Cadê o heroísmo em ficar enterrado na lama com as tripas reviradas de medo? Isso lá é jeito de provar seu valor: esconder-se, tremer a cada bomba e torcer simplesmente para sobreviver até a manhã seguinte?

Entre o adeus aos mortos e a recepção dos novos, os Hellfighters vivem sob tensão. Ainda mais porque os alemães não param de mirar no menor pedaço de uniforme exposto, seja um capacete Adrian ou uma farda americana. Cada dia traz sua cota de feridos e intoxicados por gás. O assobio das balas é de enlouquecer. No CR Vilquin, o mais ínfimo gesto pode ser o último.

***

Um atirador alemão travou a mira nos carregadores de sopa. Executa uma carnificina paciente apesar dos sacos de areia extra e das precauções dos preciosos sopeiros. Mal alimentados, os estômagos dos soldados roncam, os homens enfraquecem e se irritam. A missão se torna prioritária: é preciso dar um jeito o quanto antes nesse maldito atirador. Ninguém mais indicado do que o cabo Horace Pippin, o pintor que se tornou rei das incursões noturnas, para executá-la. Esse autodidata sensível, devoto e reservado jamais imaginaria que conheceria na França o significado da palavra "inferno". Que seria testemunha da loucura dos homens, da humanidade que os abandona quando têm armas na mão. Assustado e atraído pela escuridão, o cabo Pippin flerta a cada noite com a morte. A suave covinha que emoldurava seu sorriso fixou-se agora numa ruga severa. A marca de um rosto que viu a cara do horror.

Noite escura, o desenhista sai da toca acompanhado de outro cabo. Movimentam-se como felinos, cabeça baixa, nos túneis de serviço. Onde poderia estar posicionado um matador tão preciso? Num lugar alto, certamente. E particularmente bem escondido. Ouvem-se vários tiros. É ele. Mas o eco e a noite chuvosa o tornam invisível. A hora da troca da guarda alemã poderia ser propícia para desalojar esse ás da carabina. Os dois americanos seguem cuidadosamente em direção ao topo do morro até terem em vista, mais abaixo no vale, o acampamento de seus camaradas. Uma posição perfeita para um franco-atirador. Vasculham a noite com os binóculos. Nada. Nada, a não ser essa grande árvore frondosa notada por Horace. Um esconderijo ideal. "Me dê cobertura", sussurra. O artista se afasta para inspecionar o tronco mais de perto e, se for o caso, desalojar sua presa emboscada.

Depois de ter se aproximado da árvore por um túnel que conhece bem, Pippin se esconde num pequeno bosque. Aguarda a hora do café da manhã. O atirador na certa há de disparar. Nada. Continua de tocaia. A manhã se alonga. Meio-dia e nenhum tiro, nenhum barulho, nem um movimento na árvore. Encharcado, exausto depois de uma noite à espreita, Pippin está prestes a voltar, pé ante pé, para a rede de passagens subterrâneas. É então que ouve um tiro que faz estremecer os ramos da árvore. O atirador! É ele! Pippin faz pontaria devagarinho, com o cano do fuzil dissimulado pelo arbusto que lhe serve de esconderijo. Atira. Um tiro preciso na folhagem. Permanece coberto. "Shhhh". Um rumor de folhas atrás dele. Dá meia-volta. Seu camarada aparece. Ele viu o atirador cair do outro lado da árvore. Missão cumprida. Os dois cabos voltam em silêncio para a toca. Horace Pippin está caindo de sono. Só acordará para o café da manhã do dia seguinte. Dessa vez, o sopeiro chega vivo ao destino.

***

Os dias parecem sempre iguais ao pé do Calvário. O tédio assedia os Cascavéis. A mesmice os corrói. Os pequenos conflitos, esporádicos, não fazem avançar nem a guerra mundial nem sua busca por reconhecimento. Estão presos num cotidiano feito de expectativa interrompida por bombardeios diários, incursões noturnas e a substituição das tropas a cada dez dias.

Mas os nova-iorquinos dispõem de uma arma secreta. Um talismã de seis lados que cabe em qualquer bolso e costuma andar em dupla: dados para jogar *craps*. Atividade favorita nas calçadas de Manhattan, esse jogo viciante atravessou o Atlântico a bordo do *Pocahontas* e goza nas trincheiras do Marne de um interesse multiplicado por doze. Os *poilus* americanos tornam-se crupiês e os oficiais distribuem o dinheiro apostado – sem o qual, convenhamos, o jogo perde toda a graça. Dispõe-se sobre o tapete o dinheiro de pagamentos ainda virtuais, que nunca chegam a tempo. Os jogos de dados mais simples têm esse caráter universal que permite, em alguns minutos, transformar qualquer pessoa num novo parceiro. Os *poilus* franceses lhes ensinaram a manejar o fuzil Lebel, os soldados nova-iorquinos, em troca, partilham com os anfitriões seus melhores jogos de dados.

Oportunidade também de estreitar laços com os outros vizinhos dos Cascavéis: os soldados marroquinos, particularmente entusiastas do *craps* e de suas variantes, conhecidas também como "dados africanos". Os americanos descobrem assim, para além do jogo, um regimento de grande valor e coragem. Essa "tropa de ferro", orgulhosamente vestida com seu uniforme cáqui, já tinha combatido sob as ordens do marechal Joffre em Nancy, em 1915, mas também em Verdun e outras das batalhas mais sangrentas.

Mas algumas cabeças mais quentes do regimento preferem lançar granadas a lançar dados. E aplicam as técnicas do beisebol para desenvolver uma eficácia mortífera. Bolas rápidas forjadas ao longo de concursos de lançamento a longa distância, ou tiros de precisão sobre as ratazanas. Um desses jogos perigosos leva à hospitalização do soldado Lionel Rogers, 34 anos, da Companhia L, em consequência de uma manipulação desastrada. Querendo acertar num roedor avistado enquanto comia uma torrada com manteiga, os dedos engordurados do infeliz soldado deixam a granada cair a seus pés, causando uma explosão – de pequena carga – que poderia ter lhe custado a vida.

Quanto aos "gêmeos" Herbert e Steven Wright, eles convertem seus talentos de percussionistas numa forma de perícia balística. No dilúvio de bombas (mais de três explosões por segundo no auge da batalha de julho), identificam esquemas musicais em jazz. "Panpanpanpan", "ratatatatá": é o *ragtime* do Kaiser cuja partitura mortal os Gêmeos da Percussão decifram.

A guerra infame é detestada, cada dia um pouco mais, pelos homens da primeira linha, mas alguns desses rapazes do Harlem ficam viciados no combate, na adrenalina do perigo e do salvamento dos companheiros. É assim que o soldado William Jackson é levado à corte marcial por ter se recusado a obedecer uma ordem aparentemente das mais agradáveis: participar de um desfile diante do general Gouraud, seguido de um jantar com frango assado e vinho francês à vontade. Em sua defesa, o jovem alega que não queria perder a oportunidade de "matar hunos" e, por isso, preferiu ficar no seu posto na primeira linha a ir para a festa. O coronel Hayward, que está presidindo a sessão, aceita o argumento do soldado. Em vez de puni-lo, recompensa-o com uma faca nova em folha e uma pedra de amolar.

***

Dez dias na primeira linha; dez dias na reserva; dez dias de repouso. O verão do 369º é um eterno recomeço. Uma vez exauridos pela batalha, com os nervos à flor da pele e o corpo detonado, os homens passam o bastão para seus substitutos e vão para a retaguarda. Os que chegam vêm de uniforme limpo, mas caminham de cabeça baixa, passo pesado, numa lúgubre procissão rumo à morte. Algumas amabilidades, alguns encorajamentos quando muito. Sem maiores efusões. A dor é partilhada em poucas palavras. Abandonada a primeira linha, as explosões perdem a intensidade, como se fossem amaciadas, tornam-se um longínquo tam-tam. Os homens atravessam plantações devastadas. Passam diante de fazendas abandonadas, outras meio em ruínas, onde pastam ainda alguns animais. Galinhas cacarejam. Cães esfomeados vagueiam. Avançam mais um pouco pelo campo. Finalmente o horizonte surge.

Nos vilarejos mais próximos vegeta uma população particular. Homens arruinados que dormem em qualquer lugar. Sombras de velhinhos que se movem em câmera lenta. Estropiados e perdidos surgem aqui e ali.

Os minutos passam e o mundo volta a ganhar cores em pequenas pinceladas. Um mundo que se agita e que respira. Um mundo onde se pode falar em voz alta. Onde se trocam sorrisos. Um mundo, também, onde há mulheres. Francesas. São elas que seguram a onda, cuidam das plantações, executam os ofícios do cotidiano. Elas também, como os colegas *poilus*, observam os soldados negros com um olhar diferente do americano. Eles são exóticos, por certo, mas, passada a surpresa, não são vistos com condescendência, como sombras ou servos. Nos raros momentos de descontração, a pretexto de um cigarro filado, depois de um concerto da banda ou de uma demonstração esportiva, partilham-se às vezes mais do que simples olhares.

Nesses vilarejos franceses, há até mesmo cafés, com mesas do lado de fora, onde se pode fumar e ler o jornal. Alguns exemplares de jornais americanos, que chegam com semanas de atraso, permitem acompanhar os resultados dos times esportivos de casa, como os New York Yankees ou os Lincoln Giants. Neles também se pode ler que, a essas alturas, mais de um milhão de soldados americanos desembarcaram na França. Os recém-chegados, encaminhados através de Brest ou de Saint-Nazaire, passando pelos trilhos instalados pelos Cascavéis e seus companheiros do SOS, permitem agora às forças Aliadas dominar numericamente os exércitos do Kaiser. Entre esses reforços, brancos em sua maior parte, quatorze mil soldados ameríndios, que nem têm a nacionalidade estadunidense, ocupam postos específicos, de batedores ou de mensageiros.

Confinados em Argonne, os Hellfighters não terão oportunidade de entrar em contato com os outros soldados do exército americano, cujo 1º Exército, oficialmente criado em 10 de agosto de 1918, se instala principalmente ao longo do Rio Meuse, entre Verdun e Saint-Mihiel.

Na retaguarda, nos acampamentos de repouso, a tentativa de vida de vilarejo à francesa está submetida às contingências do conflito que não cessa a poucos quilômetros dali. A vida é mais tranquila quando não se está nas trincheiras, mas as regras são estritas. Proibido passear em grupos de mais de quatro, a fim de não sofrer maiores perdas em caso de bombardeios. Pois, embora as chances de sobrevivência aumentem à medida que a frente de combate se afasta, acontece de os canhões mais possantes atingirem esses vilarejos. No dia 1º de agosto, o centro de Hans – a dez quilômetros da linha de frente – é abalado por meia dúzia de grandes obuses alemães. A primeira salva atinge quatro Hellfighters do primeiro batalhão no momento em que estão lavando suas roupas infestadas de piolhos num chafariz.

O período de repouso é uma vida de campo militar, marcada por seus rituais e obrigações. Às vezes alojados em cabanas de alvenaria, às vezes em simples tendas de lona, os homens do 369º seguem um programa estritamente cronometrado. Despertar às 5 horas em ponto, ginástica, café da manhã, inspeções, relatórios, manejo de armas... Uma rotina de escoteiro que desagrada aos soldados mais experientes – ainda que uma partida diária de beisebol tenha sido acrescentada ao programa oficial.

Os novatos se submetem aos exercícios militares com a aplicação de lobinhos no primeiro acampamento. Uma formação-relâmpago essencial, já que dois quintos dos batalhões são compostos, no verão, por essas tropas de substituição que vieram dos Estados Unidos com um treinamento bastante sumário.

O corpo nem bem repousado, o espírito nunca tranquilizado, é preciso voltar à frente de combate, redescobrir a mesma paisagem, imutável ou mais devastada ainda do que na última passagem. Às vezes seguindo guias franceses, às vezes usando os mapas do estado-maior, através de estradas desoladas, as tropas "frescas" encontram suas tocas como um animal que fareja sangue ou ossos escondidos. Acontece também de uma ambulância passar por eles, a toda velocidade, na direção contrária. Finalmente, ao se aproximarem da entrada da rede de trincheiras, os ruídos familiares ressurgem. Os estalidos das cozinhas portáteis e das armas. O ritmo potente das bombas. As detonações que fazem zumbir os ouvidos e acelerar o coração.

Os Cascavéis voltam então para a terra. Caminham de novo no chão movediço. Sua visão periférica vai se restringindo à medida que desaparecem atrás dos sacos de areia. Com sorte, a trincheira terá sido drenada. Senão, é na água escura que os corpos se metem. Dez dias para aguentar. Dez dias para matar.

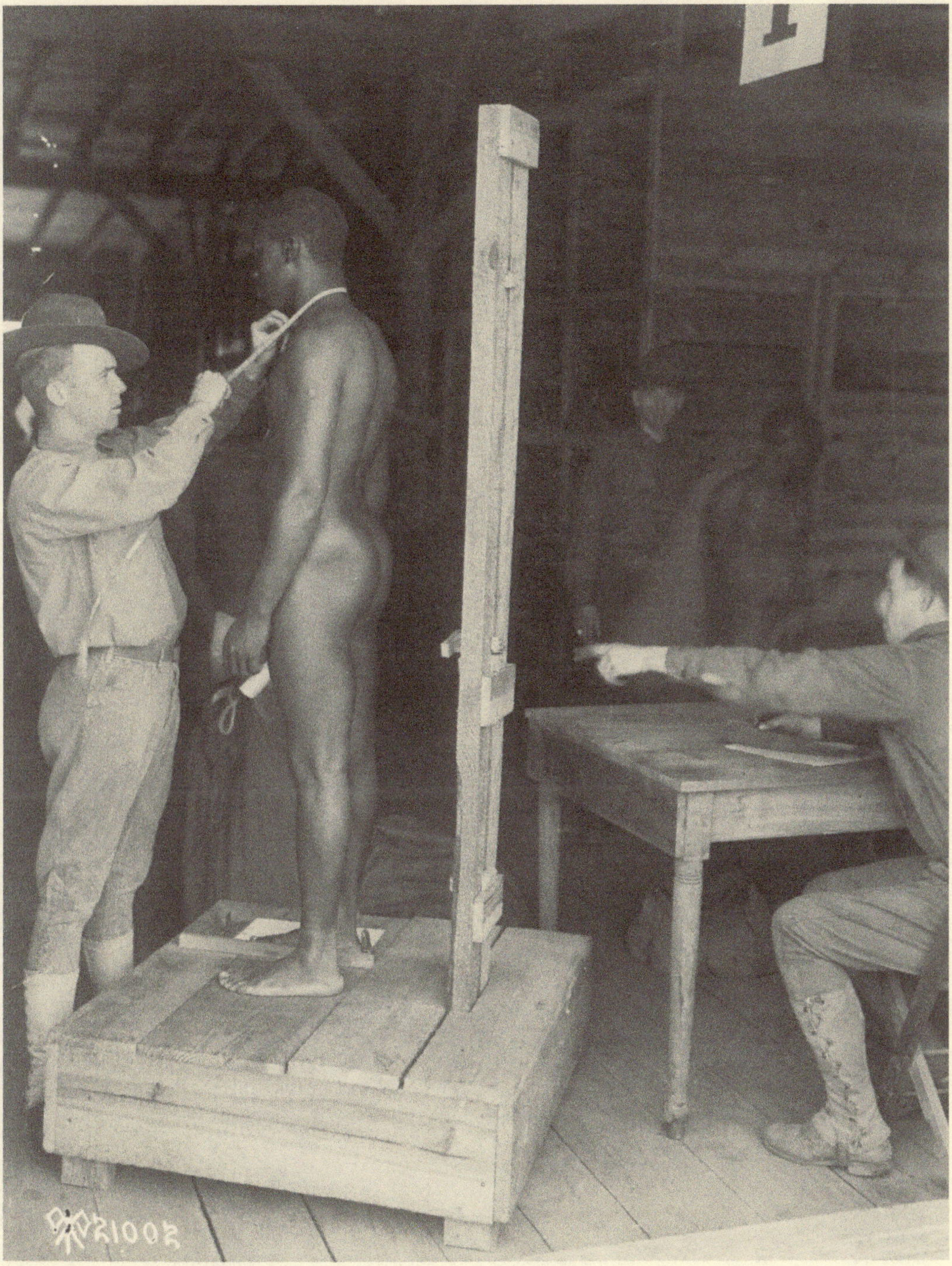

Com a publicação do *Selective Service Act,* que entra em vigor no dia 18 de maio de 1917, todos os homens com idade entre 21 e 31 anos, brancos ou negros, são intimados a se alistar no exército. Os testes físicos, como aqui no campo de treinamento de Meade, permitem constituir em alguns meses um exército de peso – no qual, entretanto, os recrutas *de cor* são impedidos de chegar aos postos de comando.

O 15º Regimento da Guarda Nacional de Nova York, comandado pelo coronel William Hayward, recebeu apenas uma formação sumária nos campos de treinamento norte-americanos. Os ataques racistas, especialmente em Spartanburg, na Carolina do Sul, aceleram sua partida para a França, que ocorre já em dezembro de 1917.

©U.S National Archives

Integrado ao exército francês no dia 8 de abril de 1918, o 15º Regimento de Infantaria de Nova York, rebatizado 369º RIUS, é iniciado nos combates de trincheira pelos *poilus*. O treinamento de três semanas é intenso e ocorre nas proximidades da Floresta de Argonne.

A pintura *Our Colored Heroes* representa a noite heroica, 15 de maio de 1918, dos soldados Henry Johnson e Needham Roberts, na Floresta de Argonne. Os dois jovens soldados foram gravemente feridos por uma incursão alemã que conseguiram repelir sem qualquer ajuda.

©U.S National Archives

O compositor e maestro James Reese Europe, grande nome do *ragtime* e do jazz dos anos 1910, dirigiu a orquestra dos Hellfighters durante sua campanha na França. Os diversos concertos, em cidadezinhas, mas também nas salas de espetáculo mais célebres, apresentaram o jazz para o público francês.

As cidadezinhas francesas próximas às trincheiras eram o palco de atividades esportivas tipicamente norte-americanas, como o boxe e o beisebol. O 369º RIUS contava em suas fileiras com vários atletas de alto nível, como Spot Poles, o veloz centro dos Lincoln Giants, e o peso-pesado George "Kid" Cotton.

O cabo Fred McIntyre guardou como amuleto o retrato do Kaiser Guilherme II. Vários artefatos e acessórios alemães foram igualmente confiscados durante as incursões às trincheiras alemãs.

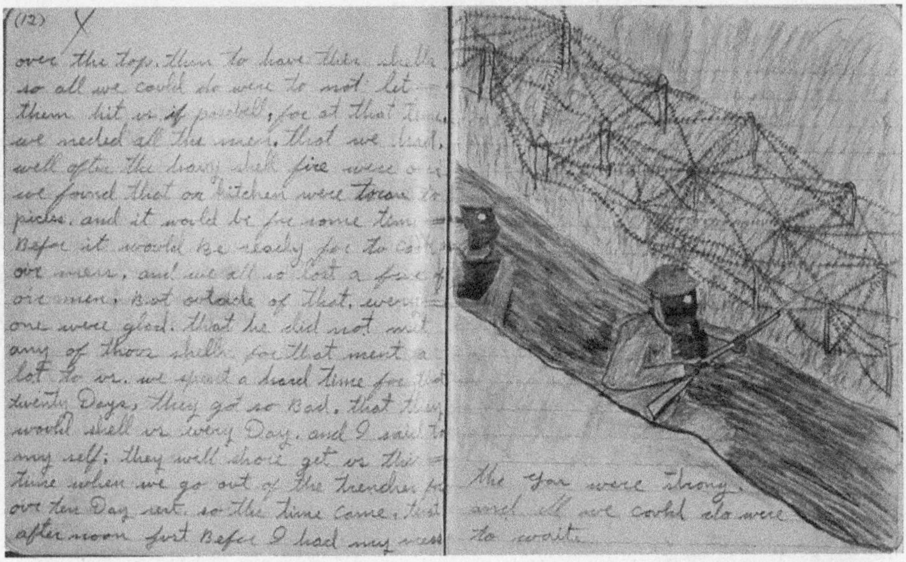
(12) X
over the top. then to have thier shells
so all we could do were to not let
them hit us if possibell, for at that time
we nedded all the men. that we had.
well after the heavy shell fire were over
we found that our kitchen were torn to
pices. and it would be for some time
Befor it would Be ready for to cook
our meals, and we allso lost a few of
our men. But outside of That. every
one were glad. that he did not met
any of those shells for that ment a
lot to us. we spent a hard time for that
twenty Days, they got so Bad. that they
would shell us every Day. and I said to
my self; they will shore get us this
time when we go out of the Trenches for
our ten Day rest. so the time come. that
after noon just Befor I had my mess

the Yar were strong.
and all we could do were
to wait.

Durante toda a sua campanha com os Hellfighters, o pintor Horace Pippin documentou a vida nas trincheiras em seu diário de bordo, unindo relatos escritos e desenhos. Atingido no braço durante o cerco de Séchaut, no fim de setembro de 1918, ele seguirá uma fecunda carreira artística. Para tanto, foi obrigado a modificar sua técnica, guiando a mão direita, ferida, com sua mão esquerda sã.

De fuzil Lebel em bandoleira e capacete Adrian na cabeça, os Hellfighters aguentaram 191 dias na frente de combate, mais do que qualquer outra unidade norte-americana.

Advogado ambicioso nascido no Nebraska, William Hayward (no centro da foto) comandou o regimento desde os primeiros recrutamentos oficiais no verão de 1916 até sua desmobilização, em fevereiro de 1919.

A orquestra liderada por James Reese Europe (à esquerda) popularizou o jazz na França em 1918. Composta pelos melhores músicos de Nova York e Porto Rico, ela faz uma turnê assim que volta aos Estados Unidos sob o nome de Hellfighters Band.

O 813º Regimento de Pioneiros, acompanhado de sua charanga, só voltou da França em julho de 1919. Sua principal função era tapar as trincheiras e reenterrar os mortos.

Foi com a Cruz de Guerra francesa no peito que os soldados e oficiais do 369º RIUS voltaram para os Estados Unidos em 1919.

No dia 17 de fevereiro de 1919, o 369º RIUS é o primeiro regimento norte-americano a desfilar sozinho após seu retorno da França. Mais de 250 mil pessoas se espremem nas ruas de Nova York para saudar os soldados que caminham em fileiras cerradas, à moda francesa, em homenagem a seus amigos *poilus*.

As notícias de jornal contando a façanha do soldado Henry Johnson – que, na noite de 15 de maio de 1918, pôs para correr cerca de vinte soldados alemães a fim de salvar um camarada – transformaram o pequeno carregador de malas num herói efêmero. Durante o desfile de 17 de fevereiro pelas ruas de Nova York, ele foi o soldado mais aplaudido.

No dia 2 de junho de 2015, na Casa Branca, o sargento-mor Louis Wilson recebe das mãos de Barack Obama a Medalha de Honra póstuma destinada a Henry Johnson, herói da Floresta de Argonne, morto em 1929 sem qualquer homenagem do exército ou do governo norte-americano.

A OUTRA BATALHA

OS PRIMEIROS INIMIGOS dos Cascavéis usam gravata e atacam com canetas tinteiro, segurando um copo de conhaque na outra mão. Falam inglês e são seus compatriotas. São seus chefes. O alto escalão. O general Pershing, grande organizador da AEF, tem arrepios ao ler os relatórios positivos de Hayward e os elogios dos generais franceses encantados com os negros. À medida que as semanas do verão passam, esses famigerados Hellfighters, tão sérios, tão eficazes e tão bem integrados, tornam-se um assunto diplomático ainda mais complicado do que antes do seu embarque no *Pocahontas*. Não apenas seu comportamento é aplaudido como alguns dentre eles são tidos por heróis. Na esteira de Henry Johnson, o queridinho do regimento que continua convalescendo longe da frente de guerra, os atos de bravura se tornam frequentes. O exército francês procede à distribuição da prestigiosa Cruz de Guerra a vários desses *poilus* do Harlem.

Essas proezas militares são intoleráveis para a direção da AEF. O balanço do regimento é bom demais. Nenhum aumento das doenças sexualmente transmissíveis. O número de estupros não ultrapassa o das unidades brancas. Nada de ultrajes que mereçam a corte marcial.

A ala racista do Departamento de Guerra, amplamente majoritária, se vê obrigada a agir. Ainda mais que, com a chegada maciça das tropas brancas no território francês, a situação dos soldados do Harlem se torna uma incongruência a ser resolvida o quanto antes.

Quando o coronel A. T. Ovenshine publica, em 24 de junho, um relatório em forma de auditoria sobre as atividades das tropas afro-americanas da 93ª Divisão que estão combatendo sob as ordens dos franceses, sua classificação segue a lógica mais óbvia. O melhor regimento em combate? O 371º, comandado exclusivamente por oficiais brancos do exército regular. Em segundo vêm os Cascavéis do 369º, que têm apenas cinco oficiais negros. Os últimos são, é claro, o 372º, cujos oficiais são em sua maioria negros, e o 370º, comandado unicamente por oficiais *de cor*. Solução proposta: colocar essas unidades novamente sob o comando americano, utilizá-las nos SOS e substituir todos os oficiais negros por brancos.

Essas observações da AEF entram em contradição com o julgamento dos generais Le Gallais e Gouraud, que não escondem sua admiração pelos recrutas negros americanos. Já outros dirigentes franceses apoiam a distinção branco/negro em matéria de liderança, tão cara ao exército americano. O general Mariano Goybet, comandante da 157ª Divisão Francesa, afirma, num relatório de 18 de julho de 1918, que os oficiais brancos têm mais autoridade e maior senso de responsabilidade. Isso faz deles líderes naturais, em detrimento dos negros, que só mereceriam postos estratégicos após demonstrarem seu comportamento sob o fogo inimigo, de acordo com necessidades operacionais. Sua opinião corrobora a nomeação do coronel Herschel Tupes, um impiedoso oficial branco de carreira, para o comando do 372º regimento. O novo chefe logo mostra as asinhas: acusa imediatamente 22 dos seus oficiais negros de serem incapazes de exercer suas funções.

Desde o estabelecimento das condições do empréstimo por tempo indeterminado das tropas negras, duramente negociado entre Pershing, o Departamento de Guerra e os altos generais franceses, as regras do jogo definiam claramente as prerrogativas dos dois estados-maiores. Aos franceses cabiam as escolhas táticas e a utilização estratégica do "Velho 15º"; aos americanos (a AEF), as decisões administrativas relativas à promoção e à disciplina das unidades confiadas às mãos dos *poilus*.

É, portanto, enquanto diretor de recursos humanos que Pershing, do seu castelo em Chaumont, a cem quilômetros da frente de combate, começa a executar, desde o fim da primavera, uma reorganização do comando operacional do 369º. Não lhe agrada a mistura de cores dos oficiais dos Cascavéis, situação que viola os preceitos da AEF que estipulam que nenhum oficial negro pode comandar um branco, qualquer que seja sua graduação. Enquanto esses "pequenos bebês negros" estão dando duro na linha de frente, "Black Jack" mexe os pauzinhos com um objetivo explícito: branquear os líderes do regimento.

O coronel Hayward não é ouvido. E nem mesmo o general Le Gallais, líder operacional da zona. Um a um, os oficiais afro-americanos dos Cascavéis são tirados do 369º pelas diretivas da AEF. No fim do mês de julho, todos os oficiais negros deixaram os Hellfighters. O capitão Napoleon Marshall, tão precioso desde o desembarque na Europa, vai para o 365º Regimento da 92ª Divisão, necessitado de líderes valorosos. O capitão Charles Fillmore, o "pai" do regimento, é transferido para o 370º, inteiramente *de cor*, assim como os tenentes Georges Lacy e D. Lincoln Reid. Essas unidades, modeladas segundo os preceitos de Pershing, permanecem sob seu controle total, apesar das intimações dos generais franceses para que sejam integradas aos seus exércitos como os Cascavéis nova-iorquinos.

A sangria é radical. O coronel Hayward vai perdendo, um a um, seus melhores homens, e só consegue conservar um único oficial negro: Jim Europe, o homem-orquestra, quase transferido também para a 92ª Divisão, mas que permanece o maestro dos Hellfighters. Afinal, a coesão da tropa – e a qualidade da música – dependem disso.

Mas Hayward também sofre pressões dentro da própria tropa – daqueles que fazem parte dela, mas desejam sair. É o caso dos oficiais brancos mais ambiciosos. Esses filhos da elite, vindos das melhores faculdades, suportam mal o ostracismo do 369º. Partilhar os sofrimentos de um regimento discriminado é algo que se aguenta por algum tempo, desde que se possa tirar proveito disso. Cansados de guerra, ansiosos para subir de posto, cada um vai dando seu jeitinho de ser transferido para outras unidades, mais brancas e mais rentáveis em termos de ascensão na carreira. O ambicioso Hamilton Fish, bom político, já tinha passado por cima da autoridade de Hayward desde o fim da primavera para ser locado diretamente na 78ª Divisão e obter um avanço. No fim de julho, consegue se afastar da frente de combate para participar de uma formação que lhe permitirá subir logo de posto. Já o tenente John Castles se mostra ainda mais virulento. Esse jovem burguês insolente não hesita em criticar com veemência seu chefe, a incompetência dos suboficiais negros e o papel de simples bucha de canhão atribuído ao regimento. Seus desejos são realizados no fim de junho: é transferido para a famosa Divisão Blindada liderada pelo general Patton. Uma unidade motorizada de choque, com armamentos e equipamentos de ponta, composta em sua maior parte por jovens formados na academia militar de West Point.

Os simples soldados, por sua vez, vão ficando cada vez mais irritados. O regimento se encontra sob tensão.

Faz mais de 120 dias que os Cascavéis lutam na linha de frente, e o verme da segregação vai desgastando o espírito de corpo da tropa. O branqueamento forçado dos oficiais aflige. E alguns dos recém-chegados irritam profundamente. Basta olhar para a cara desse pintinho branco Aaron T. Bates, posto no lugar do legendário capitão Fillmore, o venerável velho de bigode branco. Pior ainda, esse jovenzinho inseguro, um tal de Herbert Schabacker, ex-funcionário de uma gráfica no Nebraska. Esse tenente francófono assim narra seus primeiros dias com os Hellfighters numa carta escrita para a mãe:

> A gente passa uma boa parte do tempo nos postos de serviço, junto aos homens. Tratando-se de indivíduos de cor, eles dão um pouco de medo, mas basta mostrar a eles que seus oficiais estão prontos para agir com determinação que eles passam a segui-los, dispostos a tudo, e você ficaria surpresa com a confiança que depositam em mim. [...] Soube que esse regimento participou de uma ofensiva e um dos oficiais foi ferido: quando ele caiu, doze homens correram para ajudá-lo, embora estivesse chovendo balas de metralhadora.

***

Dia 21 de agosto, acampamento de Les Maigneux. No segundo dia de retaguarda, as tropas se abasteceram com um pouco de vinho e champanhe. O major Lorillard Spencer, chefe executivo do 369º, resolve colocar algumas sentinelas nas entradas e saídas dos vilarejos vizinhos a fim de evitar excessos. Em Dommartin-la-Planchette, são cinco rapazes da Companhia F, considerados os mais durões do regimento, que bloqueiam os acessos e estão encarregados de conter a festa.

Um deles, Roy Shields, não consegue dizer não quando um jovial *poilu* francês lhe oferece uma garrafa de vinho espumante. O americano toma tudo de um gole e fica meio tonto. Assim que nota isso, seu superior, o sargento Thomas Emanuel, presta contas ao major Spencer. Carrega um bocado nas tintas, dizendo que todos os guardas estão bêbados e agressivos.

O major encarrega o tenente branco e sulista Emmett Cochran, recém-chegado do Alabama, de inspecionar os perturbadores da ordem. Uma missão de rotina para a qual não precisa estar armado. "Acho que não terá nenhum problema. Mas, se a coisa esquentar, use um cassetete", diz o major. Cochran não lhe dá ouvidos: mantém sua pistola calibre 45 no cinto e vai executar a missão. Acompanhado de uma escolta de seis homens, segue num calhambeque, sentado ao lado do motorista.

Enquanto isso, no vilarejo, Walter Whittacker, um pai de família de Long Island, companheiro de Roy Shields na Divisão F, tomou o fuzil descarregado de seu camarada bêbado. Mantém o seu num ombro e o do amigo no outro. Os cinco soldados estão ali em posição na entrada do vilarejo quando chega o calhambeque de Cochran. Este não anuncia suas intenções e parte em direção aos soldados. Whittacker, que, na qualidade de secretário do regimento, carrega sempre uma caixa cheia de papelada, deixa esta no chão e vai segurar o cavalo fogoso que está quase derrubando o sargento, sempre com os fuzis descarregados pendurados nos ombros. Cochran grita para que largue o cavalo. Whittacker obedece. Coloca delicadamente no chão seu primeiro fuzil descarregado. Está se ajoelhando para colocar o segundo quando uma bala de 45 milímetros atravessa seu abdômen. Cochran, que tinha carregado a pistola apesar das instruções, não conseguiu conter sua pulsão. O soldado negro, petrificado, murmura: "Tenente, o senhor atirou em mim. Eu estava executando sua ordem, e o senhor fuzilou um homem bom". Cochran e Whittacker estão cara a cara, em silêncio, rodeados por seus camaradas. Olhos nos olhos. "Rapazes, se eu morrer, digam a todos que um homem bom se foi". Então cai de cara na poeira.

Emmett Cochran, superexcitado, em estado de choque, aponta a pistola para todos os lados. Ameaça matar o primeiro que se mexer. Ao cabo de vinte minutos de fúria, o atirador se acalma pouco a pouco, consegue explicar a razão de sua vinda e deixa seus homens levarem Whittacker no carro para um centro de socorro, onde ele morre alguns minutos depois. Enquanto isso, Cochran volta para o quartel-general e coloca o sargento Thomas Emanuel em detenção. Julgado por assassinato na corte marcial no dia 23 de setembro de 1918, no campo de Rougon, Emmett Cochran é definitivamente absolvido, em 28 de outubro, sob a alegação de que tinha razão em acreditar que sua vida estava em perigo.

***

É uma nota concisa, cerca de trinta linhas, que leva o carimbo do exército francês. Título: "A respeito das tropas negras americanas". Esse memorando, assinado pelo tenente-coronel Jean-Louis Albert Linard, chefe da missão militar francesa adido à AEF, é transmitido no dia 7 de agosto a todos os comandantes regionais do exército francês. Seu conteúdo é eloquente. Oferece uma iluminação bastante crua sobre a atitude do exército – e da sociedade – dos Estados Unidos em relação a seus soldados negros. Um *vade-mécum* das relações humanas sob a égide da discriminação racial:

> A Respeito das Tropas Negras Americanas,
>
> I. É importante que os oficiais franceses designados para comandar tropas negras americanas, ou viver em contato com estas, tenham uma noção exata da situação dos negros nos Estados Unidos. As considerações expostas na seguinte nota deveriam, portanto, lhes ser comunicadas, e há grande interesse em que sejam

conhecidas e amplamente difundidas; cabe inclusive às autoridades militares francesas informar, por intermédio das autoridades civis, as populações francesas dos acantonamentos de tropas americanas de cor.

II. O ponto de vista americano sobre a "questão negra" pode parecer discutível a muitos espíritos franceses. Mas não cabe a nós franceses discutir o que alguns chamam de "preconceito". A opinião americana é unânime sobre a "questão negra" e não admitiria discussão.

O número elevado de negros nos Estados Unidos (cerca de quinze milhões) criaria para a raça branca da República um perigo de degeneração se uma separação inexorável não fosse feita entre negros e brancos.

Como esse perigo não existe para a raça francesa, o público francês se acostumou a tratar familiarmente o "negro" e a ser indulgente em relação a ele.

Essa indulgência e essa familiaridade ferem profundamente os americanos. Eles consideram isso um atentado a seus dogmas nacionais, e temem que o contato com os franceses inspire aos negros americanos pretensões que lhes parecem intoleráveis. É indispensável que todos os esforços sejam feitos para evitar indispor profundamente a opinião americana.

Embora cidadão dos Estados Unidos, o homem de cor é considerado pelo americano branco como um ser inferior com o qual só se pode ter relações de negócio ou de serviço. Censuram-lhe certa falta de inteligência, sua indiscrição, sua falta de consciência cívica ou profissional e sua familiaridade.

Os vícios do negro são um perigo constante para o americano, que deve reprimi-los severamente. Por exemplo, as tropas negras americanas na França provocaram sozinhas o mesmo número de queixas por estupro que todo o resto do exército, e isso considerando que os soldados enviados formam uma elite do ponto físico e moral, já que a rejeição durante a incorporação foi enorme.

Conclusão

I. É preciso evitar qualquer intimidade entre oficiais franceses e oficiais negros, com os quais podemos ser corretos e amáveis, mas que não podemos tratar em pé de igualdade com os oficiais brancos sem ferir profundamente estes. Não se deve comer à mesma mesa que eles e é melhor evitar os apertos de mão e as conversas e o convívio fora do serviço.

II. Não devemos elogiar muito as tropas negras americanas, sobretudo diante dos próprios americanos. Tudo bem reconhecer suas qualidades e serviços, mas em termos moderados e conformes à estrita realidade.

III. Tratar de obter das populações dos acantonamentos que elas não mimem os negros. Os americanos ficam indignados com qualquer intimidade pública entre mulheres brancas e negros. Uma gravura recente do jornal *Vie Parisienne*, intitulada "A criança da sobremesa", suscitou enormes protestos por representar uma mulher branca com um negro numa mesa particular de um restaurante. De resto, as familiaridades das brancas com os negros são profundamente lamentadas por nossos colonizadores experimentados, que veem nisso uma perda considerável do prestígio da raça branca. A autoridade militar não pode intervir diretamente nessa questão, mas pode influir sobre as populações civis por meio das autoridades civis locais.

É o francês Linard quem segura a caneta, mas é óbvio que a sombra do general Pershing paira sobre seu ombro.[1] Esse texto, visivelmente teleguiado pela AEF, visa justificar as práticas discriminatórias em relação aos soldados negros e evitar sua adesão a ideias incompatíveis com as leis Jim Crow e as realidades sociais americanas. O objetivo: que os *poilus* do Harlem não adotem os costumes e valores do "país dos direitos do homem", e não voltem para casa levando as ideias subversivas de liberdade, igualdade e fraternidade. Já é muito que tenham aprendido a manejar armas, só faltava importarem também a Revolução.

Apontar os "vícios" dos negros e exigir que não sejam "mimados" corresponde às instruções do exército americano. Como o regimento do Harlem está sob o comando dos franceses, é por intermédio da administração local que os hierarcas americanos podem passar suas instruções. Para além dos estereótipos negativos, as referências às queixas por estupro – que atestam a obsessão da hierarquia política e militar americana quanto à questão sexual – não são apoiadas por nenhuma estatística. Do mesmo modo, a referência às "rejeições" do recrutamento não corresponde à realidade, já que 74% dos brancos foram rejeitados na incorporação contra 69% dos negros.

Quando essa circular já tinha sido difundida em todos os âmbitos de sua administração, o exército francês voltou atrás. Um telegrama cifrado e lapidar é transmitido em 16 de agosto aos chefes militares.

> Considerem nula a nota confidencial de 7 de agosto de 1918 transmitida pelo ofício nº 2479 A/II de 12 agosto 1918 respeito tropas negras americanas – stop – Devolvam esses documentos lacrados ao estado-maior do exército (escritório especial franco-americano). Assinado general Vidalon.

Três palavras escritas à mão acompanham o telegrama original: *Faites venir Linard* [Mandem o Linard vir falar comigo].

Em 19 de agosto, o texto é retirado de circulação, prescrito e anulado. Embora agrade à AEF, ele vai contra as posições oficiais do governo e do exército francês quanto ao tratamento dos seus soldados oriundos das colônias. O fato é que esse vai-e-vem permite satisfazer os poderosos aliados de além-mar, informar os comandantes franceses a respeito dessa questão delicada para os americanos brancos e depois se reabilitar anulando a circular.

Mas, embora difundida nas altas esferas do exército francês, ela não será aplicada na prática. No dia a dia, o espírito de camaradagem e de sacrifício permanece intacto.

Enquanto isso, outros diálogos diplomáticos, tão árduos quanto os do período de Saint-Nazaire, ocupam o pessoal do general Pershing e dos generais Foch e Pétain. O americano quer recuperar suas tropas *de cor* e redistribuí-las dentro do exército americano como pioneiros, ou seja, mão de obra utilizada longe das zonas de combate. O empréstimo dos homens do Harlem já não faz mais sentido. No momento em que as tropas – brancas – chegam em massa aos portos franceses, com vistas a uma ofensiva final no fim do verão, a AEF quer recuperar suas ovelhas desgarradas – suas ovelhas negras.

Os franceses se recusam. Precisam mais do que nunca desse "93º regimento provisório", que já provou seu valor e conta nesse momento com um núcleo sólido de veteranos acostumados aos combates nas trincheiras. Os nova-iorquinos permanecerão com os franceses até o fim da guerra. Até a vitória.

***

Paris, os bairros abastados. O panorama não tem nada a ver com as terras devastadas do Somme ou do Marne. Nos Champs-Élysées, o refinamento resiste, o chique aguenta o choque. De 14 a 17 de agosto, a Conferência das Mulheres Aliadas reúne *la crème de la crème* do mundo livre. Os salões da capital são refúgios acolchoados para as discussões políticas que prosseguem em festas estratégicas ao ar livre. Para esse acontecimento maior, o general Pershing solicitou à famosa orquestra do 369º – a qual permaneceu imune ao "branqueamento" – que fizesse as malas e se dirigisse à capital. Ela deve se apresentar na noite de fechamento do evento, no dia 18 de agosto. Como palco, nada menos que o teatro dos Champs-Élysées.

As luzes da plateia se apagam. A figura imponente de Jim Europe, impecavelmente vestido em seu uniforme, aparece no palco, acompanhada pelos murmúrios da audiência. O presidente Raymond Poincaré se instala no camarote presidencial, e a versão em jazz da Marselhesa faz o corpo diplomático balançar e as medalhas dos altos oficiais se entrechocarem. Ao anúncio de cada país membro da organização internacional, a banda dos Cascavéis interpreta sua versão do hino nacional.

Depois dessa introdução intensamente aplaudida, os músicos apresentam seus "clássicos" que já são até conhecidos por parte do público: "Over There"; "I Don't Know Where I'm Going but I'm on My Way" [Não sei para onde estou indo mas estou a caminho]; "When I Get Back to The USA" [Quando eu voltar aos EUA]... Mas também algumas das composições recentes de Europe concebidas no leito do hospital de Gizaucourt. "On Patrol in No Man's Land"; "I've an Observation Tower of My Own"; "Everything Reminds Me of You" [Tudo me lembra você]. No fim do show, as espectadoras, já transformadas em tietes, se amontoam à beira do palco para apertar a mão do maestro. E a noite não termina aí. Acesas as luzes, diante de uma plateia de fãs irredutíveis – entre os quais o casal Roosevelt –, a banda dos Hellfighters faz bis até o meio da noite.

Movida pelo entusiasmo geral, a AEF prolonga por oito semanas suplementares a estadia parisiense da orquestra. Jim Europe, diplomata do *swing*, guardou sequelas do gás que o atingiu em junho e não pode mais ir para a linha de frente, mas ainda sabe segurar a batuta. Contando sempre com o indefectível apoio do coronel Hayward, e motivado por esse sucesso na capital, Big Jim retoma suas ambições. Deixa seu repouso forçado e reencontra aquilo que mais ama na vida: as emoções do palco.

Uma semana depois do triunfo no teatro dos Champs-Élysées, o palco muda, mas a magia do jazz continua. É diante de uma multidão de ao menos cinquenta mil (segundo os cálculos do generoso Big Jim) que a orquestra do 369º se apresenta, ao ar livre, nos Jardins des Tuileries. O músico nunca tinha sido tão aclamado. É uma noite especial, que reúne as melhores bandas militares do planeta, a orquestra da guarda republicana, a dos granadeiros britânicos e a do exército italiano. Mas os Hellfighters roubam a cena, tocando "Dixie", "St Louis Blues" e "Memphis Blues", de W. C. Handy. As novas sonoridades e os ritmos do jazz eletrizam a multidão, que se agita loucamente entre a Place de la Concorde e o Louvre. O sucesso com o público é fenomenal e deixa boquiabertos os colegas das bandas europeias.

Quando o concerto termina, um grupo de músicos franceses se aproxima dos americanos para observar de perto seus instrumentos. Terão algo diferente? Qual será o segredo? Examinam os trompetes e os outros metais dos americanos. O maestro da guarda republicana pede para ver a partitura do "Memphis Blues", música que causou grande impressão. Seus músicos tentam tocar à americana diante do maestro negro. O resultado, acadêmico e sem notas dissonantes, fica muito distante do autêntico jazz dos Cascavéis. Jim Europe apanha uma corneta e faz uma amável demonstração pedagógica: como jogar com a embocadura, obturar o som, mexer a língua. O suficiente para deslumbrar os franceses, mas guardar os segredos do blues, preservar sua alma.

O miraculoso Jim Europe faz Paris dançar até o final do verão, visitando mais de uma centena de quartéis e hospitais, sem falar nos concertos improvisados, feitos por encomenda. Mas Pershing mantém o controle de seu trunfo musical e finge não ouvir solicitações do coronel Hayward, que quer seus músicos de volta ao campo de Saint-Ouen, perto das trincheiras.

O ritmo lento do verão, com seus bombardeios e negociações de bastidores, minou o moral de seus homens. Contudo, corre o boato de que tudo deve terminar em menos de um mês. Talvez os Cascavéis sejam integrados ao exército americano, ao redor de Saint-Mihiel, para a arrancada final, junto com outras divisões nova-iorquinas. Dizem também que o exército francês está transferindo para o sul suas tropas coloniais, a fim de poupá-las de mais um inverno glacial. Os americanos, inclusive Hayward, começam a imaginar que irão ver em breve o sol do mediterrâneo, como uma bem merecida recompensa.

Mas uma ordem imprevista, no dia 25 de agosto, vem transtornar a rotina.

Os Hellfighters são intimados a se reunir no vilarejo de Somme-Bionne. À meia-noite, um comboio de 150 caminhões, conduzidos por motoristas cingaleses, conhecidos por meterem o pé na tábua, pega a estrada rumo a um destino desconhecido.

Talvez, dizem, para a última grande batalha.

OS IRRESISTÍVEIS CASCAVÉIS

LEVADOS PARA LÁ E PARA cá como soldadinhos de chumbo, transportados em trens e caminhões, de abrigos improvisados para acampamentos precários, os Hellfighters passam quinze dias percorrendo os arredores da frente de combate. Marchas insensatas no escuro, ora para o norte, ora para o sul. A pausa no campo de Saint-Ouen, tão bem equipado, permite aos novatos completar seu treinamento. Duas figuras importantes ingressam no regimento, finalmente reunido num mesmo lugar desde a dispersão de fevereiro. Trata-se de dois pastores do Harlem, Benjamin C. Robeson e Thomas W. Wallace. São os primeiros religiosos negros a acompanhar o regimento. O único candidato anterior não tinha passado nos testes físicos antes da grande partida. Os dois pastores abençoam a torto e a direito, escutam as almas mortificadas, levantam o moral dos soldados prometendo a graça do céu – mas também um mês de repouso longe dos combates, de acordo com informações recebidas do estado-maior.

Mas os Hellfighters, de uniforme ou batina, são intimados a refazer as bagagens após poucos dias de repouso. Recomeçam sua procissão, embarcam de novo em caminhões e chegam, no dia 9 de setembro, a uma paisagem familiar: as cabanas de Somme-Bionne, seu ponto de partida. Ali mesmo onde tinham subido nos caminhões rumo à missão especial que, acreditava-se, poria fim à guerra e liquidaria o inimigo de uma vez por todas.

Entre os dias 10 e 12 de setembro, os rapazes do 369º assumem os postos do 215º Regimento de Infantaria da 161ª Divisão Francesa no mal nomeado setor de Beauséjour.*

O posicionamento das tropas deixa os Cascavéis entre os franceses e os americanos. Na frente de combate, em forma de L, os britânicos ficam encarregados da porção mais ao norte. A AEF, reforçada por um contingente maciço de soldados desembarcados ao longo do verão, é responsável pela extremidade oeste da parte mais ao sul. Os franceses ocupam o resto. O 369º, sempre incorporado ao 4º Exército Francês, está a poucos quilômetros dos soldados brancos do general Pershing. Essa grande ofensiva, abarcando os setores do Meuse e da Argonne, pretende ser o golpe de misericórdia num exército alemão extenuado – mas ainda poderosamente armado.

A menor falha de um dos regimentos Aliados permitiria aos alemães atacar em duas frentes, e Pershing sabe que o sucesso (e a sobrevivência) de seus novos regimentos brancos depende em parte do apoio dos Cascavéis, que já entenderam que não serão incorporados à AEF antes do fim da guerra. Eles serão, mais uma vez, a preciosa força suplementar dos franceses.

Os soldados nova-iorquinos combaterão num setor da Floresta de Argonne que já conhecem bem. Uma porção de oitocentos quilômetros quadrados de florestas meio calcinadas, de ravinas e elevações, delimitada a leste pelo Rio Aire e a oeste pelo Aisne. Diante deles, a eterna elevação de Mesnil, o vilarejo de Ripont, o Rio Dormoise e a cidadezinha de Séchault. Esta, nas mãos de uma unidade alemã poderosamente armada, constitui o objetivo principal dos Cascavéis.

O major Arthur Little analisa o local. Quinze centímetros de lama, uma chuva que não para de cair, nenhuma tropa de reserva... A situação do primeiro batalhão dos Cascavéis em Beauséjour é das

* "Belaestadia". [N.T.]

mais precárias. As tropas, esgotadas, devastadas por mais de cinco meses ininterruptos na linha de frente, devem se preparar para mais uma maratona, de armas na mão.

O ataque de boas-vindas parte dos alemães. Em 12 de setembro, às 18h15, uma intensa ofensiva devasta a primeira linha franco-americana. Primeiro, tiros de morteiro, dos quais escapa uma espessa cortina de gás que asfixia os defensores Aliados. Depois, uma hora de tiros de assalto, seguidos por incursões a pé. Os Hellfighters, veteranos aguerridos, não deixam o inimigo se aproximar. A terra de ninguém se torna um ringue sem luz. Granadas, fuzis, facas, punhos: a batalha é total. Mas dá para reconhecer os uniformes. Prisioneiros são capturados, mas seus guardas se perdem. Véu de fumaça cinza. Mais tiros. Little está no chão. Outra explosão. Dois alemães enormes surgem diante do major, que está tentando passar uma bandagem ao redor das costelas quebradas – com a pistola abandonada no chão e fora de alcance. Seu corpo fica banhado de suor frio, e um arrepio o percorre. Não há tempo para rezar. Dessa vez, é o fim, com certeza. Uma terceira silhueta surge atrás dos alemães. Um soldado americano aponta a pistola para eles. Little está salvo. O relatório escrito pelo editor será tão vaporoso e impreciso quanto o combate, que continua, cada vez mais caótico. Não há mais nenhuma regra no campo de batalha. A anarquia impera nas trincheiras.

Em algum lugar dessa Argonne em preto e branco, nem ele sabe exatamente onde, Horace Pippin perdeu o laço que o ligava a sua vida anterior. A última carta de sua família caiu de seu bolso, na certa durante uma patrulha noturna. O pintor já mal consegue imaginar sua casa, o rosto da esposa, o da mãe, as ruas de Goshen, sua cidade natal. Está nostálgico. Ele é aqui um estrangeiro, doente de saudades do lar, perdido debaixo da terra. Faz meses que não recebe notícias da pátria, daqueles que ama. Depois de arrastar por centenas de metros o corpo sem vida de um companheiro trespassado por uma bala, Horace Pippin mantém os olhos abertos, arregalados, em meio à noite sem lua. Não consegue dar repouso ao corpo, nem tranquilizar o espírito.

Então sai do abrigo. Encontrar pessoas. Ver gente viva. Alimentar-se. Acender um cigarro com seus últimos gramas de tabaco. Cinco homens de sua companhia se aproximam para filar uma tragada. Pippin põe o cigarro na roda, compartilha. Uma vez terminado, deixa-os. Está de guarda essa noite, de novo. Pippin, o zumbi, chega a seu posto. Todos os soldados pedem cigarros. Estão esfarrapados, sem casaco, amontoados sob cobertores. Como mendigos debaixo da ponte do Brooklyn. Ele não tira os coturnos há um mês. Trinta dias na primeira linha. Essa guerra não tem mais regra, nem sentido. A humanidade desapareceu de uma vez por todas. Por que se infligir isso?

***

As baionetas são fixadas. Os cadarços, bem amarrados. Os cantis, enchidos. As rações, verificadas. No nevoeiro do amanhecer, os novatos ficam à espreita. Seiscentos deles foram incorporados à força de assalto, sem integração prévia. Verificam tudo duas vezes ou mais, remexem nas armas, sobressaltam-se ao menor ruído. Já os veteranos do 369º parecem calmos, como se meditassem. Os padres perambulam pelas trincheiras. Oferecem absolvição enquanto os oficiais estudam os mapas e outros escrevem uma última carta para a pessoa amada. Mais atrás, ambulâncias estacionadas.

A atmosfera é a dos dias de grande batalha. Em 26 de setembro de 1918, os Hellfighters estão de novo na primeira linha. A ofensiva será violenta, breve – espera-se – e coordenada com as unidades ao lado, francesas e marroquinas. Aqueles a que Horace Pippin chama de "Algériens" em seus cadernos são tão unidos e valorosos quanto os nova-iorquinos. E impressionam seus aliados americanos com suas facas de trinta centímetros carregadas entre os dentes.

Desde o último ataque, um elemento da indumentária mudou, seguindo um amplo reaprovisionamento geral da AEF. Na cabeça dos Cascavéis, o capacete achatado do exército americano substitui agora o bom e velho Adrian azul-horizonte.

Soa o apito. "Que diabo! Vamos!" Ao ataque! Os marroquinos se dirigem para Ripont, na frente de seus camaradas franceses. Não deixarão nenhum prisioneiro. O 2º e 3º batalhões, comandados por Lorillard Spencer e Frederick Cobb, se lançam na segunda leva. À frente de seus homens, Spencer ordena que o sigam em direção às metralhadoras alemãs – até que uma rajada faz seis buracos em sua perna. É levado embora numa maca e substituído pelo capitão David L'Esperance graças às ágeis instruções do coronel Hayward.

Três horas após o início do assalto, o 369º já chegou ao norte do rio, diante do pico de Bellevue. Então recebe ordens de se deter ali e cavar. Os nova-iorquinos voltam a encontrar suas pás e picaretas para construir abrigos na terra esfolada do Marne, enquanto sobre seus capacetes agora americanos sobrevoam bombas e aviões de reconhecimento.

Os homens do 3º Batalhão carregam os feridos, arrumam os caminhos, remendam as pontes, liberam o campo de batalha das cinco carcaças de cavalos que o inimigo acaba de explodir. Diante deles, crânios quebrados, braços torcidos, bocas que gritam, sangue misturado com barro. Esses limpadores, eles próprios esfomeados, lançam-se sobre alguns pedaços de pão tomados dos alemães durante uma incursão dos *poilus*. De volta ao abrigo, abatem um touro e o cozinham: primeira refeição de verdade desde o início da grande ofensiva.

Antes de invadirem o vilarejo de Séchault, os homens do coronel Hayward devem tomar posse do pico de Bellevue, esse promontório rochoso em cujo topo está instalada uma bateria de metralhadoras alemãs, prontas para abrir fogo contra qualquer Aliado que tente escalar a encosta.

Os nova-iorquinos avançam camuflados, pé ante pé.

A escalada é perigosa. Os Hellfighters fazem uma pausa debaixo de lonas e engolem suas últimas rações antes de partirem para a abordagem sob a forma de um ataque conjunto com os franceses do 163º Regimento de Infantaria, posicionado no flanco direito.

As balas cirúrgicas dos franco-atiradores e as rajadas das metralhadoras dizimam os assaltantes um a um nessa manhã do terceiro dia de cerco. O olho do artista Horace Pippin localiza os canos das armas alemãs aninhados nas árvores, arbustos, restos de casas. Em parceria com um camarada, decide desalojar, mais uma vez, um atirador isolado especialmente eficaz. Não há tempo para elaborar uma estratégia complexa. Com um gesto, Pippin explica a manobra: cada um parte em direção oposta, com visão para o atirador. Quando o alemão apontar para um deles, o outro atirará nele. *Vamos!* Os dois Cascavéis saem correndo pelo cascalho. Pippin ziguezagueia entre os montes de pedra, salta para um abrigo... Pan! A mira do atirador foi certeira, mais uma vez. A bala atravessou o braço direito do pintor, entalhando profundamente a carne até a base do pescoço. O choque o derrubou dentro de um buraco de obus. Está tentando enfaixar o ferimento quando seu parceiro aparece. O plano funcionou. Ele pegou o atirador. Os dois apertam a mão uma última vez. O soldado desaparece em meio à fumaça do combate para continuar lutando. Pippin não consegue se levantar. Não tem mais comida na bolsa, apenas um restinho de água que esvazia até a última gota. Fica ali, cadáver vivo, no meio do campo de batalha. Os obuses sibilam no ar, a terra voa, o tempo passa.

Finalmente, uma silhueta amistosa. Um francês o notou. Um *poilu* que se aproxima para salvá-lo. Abre a boca. Uma bala atravessa sua cabeça. Desaba sobre Pippin. Sufocado pelo corpo morto de seu aliado, o cabo americano consegue, fazendo contorções com o braço são, recuperar alguns pedaços de pão, água e um pouco de café no alforje do defunto, ainda quente, que está sobre ele. Não fechar os olhos, aguentar firme. Não fechar os olhos...

O sol começa a se pôr. Uma chuvinha fina vem banhar a cena. Faz já umas doze horas que o pintor está pregado ali, de costas no chão, com o braço pulverizado. Pippin treme cada vez mais. Agarra-se à vida. Não fechar os olhos. Aguentar firme. Não fechar os olhos... A dor e o esgotamento são excessivos. Suas pálpebras vibram, os músculos cedem, um arrepio gelado percorre sua espinha. O cabo desmaia.

Alguns *flashes*, cenas soltas: dois soldados franceses; uma estação de primeiros socorros; gente estropiada por todo lado; o sol da manhã; uma ambulância que foge das bombas; um hospital de campanha; um leito; um homem que o observa.

É um médico que fala com ele, mas Pippin não está em condições de responder. Aponta com o dedo uma inscrição em sua camiseta: “101127 Horace Pippin Co. K369.INF”. Está salvo, e desmaia de novo. Para ele, a guerra acabou. Para seus camaradas, os sobreviventes que conseguiram dominar o platô de Bellevue, ela continuará em direção ao vale. Rumo ao leste, sempre. O 1º Batalhão de Arthur Little está encarregado de dar continuidade à grande ofensiva. O editor de *A guerra dos mundos* vai liderar o cerco de Séchault.

***

O vilarejo quase não tem soldados, mas está equipado com muitas máquinas mortíferas. Os alemães parecem ter evacuado o máximo de seres humanos e enchido as ruas de canhões, metralhadoras e morteiros operados por um punhado de *experts*. As baionetas e as facas serão pouco eficazes contra os tiros de artilharia e metralhadora da cidadezinha quase deserta, mas encouraçada. Em vez de travarem um combate aproximado, os soldados do 369º capturarão canhões. Um 77 mm, posicionado na entrada sul do vilarejo, é capturado pela Companhia C. Uma reserva de granadas, aninhada no centro da cidadezinha, é neutralizada pela Companhia D. Uma casa de tijolos cheia de metralhadoras é tomada às custas de numerosos feridos... Sem falar nos atiradores posicionados aqui e ali que disparam contra o primeiro Aliado que passa.

Arthur Little e seus homens improvisam um quartel-general numa casa semidestruída. No momento em que o major se prepara para escrever a Hayward dizendo que a situação é mais complexa do que o esperado, que talvez seja preciso esperar a noite para se mover, a fim de evitar os atiradores, a Companhia K chega ao vilarejo cheio de armadilhas. Será ótimo poder contar com o apoio desses homens experientes. Mas o capitão Eric Winston, sucessor de Hamilton Fish, traz também uma má notícia: Frederick Cobb, o capitão do 2º Batalhão, foi morto por um estilhaço de obus. Ele é substituído pelo capitão branco John Holley Clark, que concorda com Little em unir as forças de seus batalhões e definir posições para assumir o controle da cidade rua a rua, casa a casa. Uma última tropa de combatentes esfarrapados e exaustos chega em desordem: uma meia seção do 372º Regimento Americano de Infantaria vagueia por ali. Em algumas horas, Séchault deixou de ser um ponto de resistência de armas alemãs e se tornou um acampamento de sobreviventes americanos.

Mas a situação é precária para os homens do major Little, isolados nessa cidade fantasma. Uma carta do coronel Hayward vem confirmar o que já se temia: os Hellfighters avançaram rápido demais, foram competentes demais. Deixaram muito para trás as unidades francesas que deviam acompanhá-los e seguir junto com eles para o leste. "O 363º à direita de vocês e o 163º à esquerda vão estabelecer ligação com vocês esta noite", afirma o coronel americano. Os sobreviventes do 369º deram tudo de si para agora se verem obrigados a esperar, bem no meio da zona de combate, em plena arrancada final da guerra. Estão isolados, vulneráveis em três dos quatro lados da cidade que tentam manter, sabendo que o inimigo, embora esteja recuando, ainda é numeroso e fortemente armado, podendo relançar uma ofensiva a qualquer momento.

Arthur Little empalidece. Sente que seus homens estão numa armadilha, à mercê do primeiro contra-ataque das tropas do Kaiser posicionadas nos arredores. O major tenta exibir o rosto firme e sereno de um líder seguro de si, mas sua máscara cai à leitura de uma segunda carta de Hayward, recebida algumas horas após a primeira. O coronel pede a seu homem de confiança que "tome ele próprio a melhor decisão" de acordo com a situação. Mas adverte que uma opção está fora de cogitação: bater em retirada. Em caso de bombardeio, Little está autorizado a lançar seus homens contra a artilharia alemã. Ou seja, ele tem carta branca para uma missão suicida.

O major Little, esgotado, com os nervos à flor da pele, deixa cuidadosamente o refúgio de seu quartel-general improvisado. Precisa respirar, pôr as ideias no lugar. "Major, por favor... Não fique aí, vão atirar no senhor", diz seu adjunto, para que ele volte ao abrigo. "Meu Deus, acho que é isso que desejo", murmura o editor que virou militar, mais aflito do que nunca. Vira-se para o adjunto e prossegue: "O que eu sei da guerra: o que fiz essa tarde? Perdi a metade do meu batalhão. Conduzi centenas de inocentes para a morte".

À noite, um punhado de homens parte em patrulha para desaninhar os atiradores escondidos nas ruínas das casas, empoleirados como aves de rapina. Little, novamente enclausurado, dá uma única instrução à tropa: permanecer em silêncio. Seus homens serão espectros, é preciso ter paciência. Não se fazer notar, dissimular sua posição e só revidar em último caso, se os alemães vierem desalojá-los no corpo a corpo.

O esconderijo silencioso é perturbado de repente pelo sargento-mor Marshall. Ele traz uma excelente notícia. Não a vitória, nem mesmo a chegada de reforços, mas uma captura preciosa. Oitenta bons pães franceses, com a casquinha crocante e o miolo macio, foram tomados por uma patrulha comandada por Hamilton Fish, que deixou o campo de treinamento para vir lutar junto com o regimento de seu coração. O suficiente para regenerar os organismos, enfraquecidos por dezoito horas de jejum. Um festim debaixo das bombas, antes de um pouco de descanso. Apenas Little e seus colaboradores mais próximos ficarão acordados. O coronel Hayward ordena que ele elabore um mapa preciso das posições de Séchault a fim de orientar os canhões da artilharia francesa. Trabalho impossível de executar na penumbra. Acender uma lâmpada poderia revelar sua posição aos alemães. O major se enfia no fundo da sala com uma luzinha, rabisca às pressas um plano do setor e incumbe o mais discreto de seus mensageiros de levá-lo a Hayward.

De manhãzinha, um mensageiro faz o caminho inverso trazendo outras informações, diretamente das trincheiras. O inimigo está se movendo. Deslocamentos ao norte, precisamente no setor que o 369º deve atravessar em sua próxima etapa. Em vez da corneta, é a explosão das bombas que tira os soldados-zumbis do seu torpor. Séchault volta a ser alvo da artilharia do Kaiser. As ruínas acabam de virar poeira. As últimas muralhas desmoronam. Os homens de Little fecham os olhos e tapam os ouvidos. Fundem-se ao chão, enfiam-se nas menores frestas e não revidam. Esperam que o dilúvio passe. Normalmente, os tiros de artilharia são o prenúncio de uma ofensiva terrestre, nas cinzas das bombas. Ficam à espreita. Aguardam no silêncio angustiado que sucede à tempestade. Esperam o surgimento dos primeiros capacetes de *Bush Germans*, como sombras chinesas, sinônimo de um último corpo a corpo. Nada... O fogo da artilharia foi apenas mais um teste. Os alemães não conseguiram fazer os Cascavéis saírem do ninho. Sem saberem o tamanho da tropa inimiga, os soldados do Kaiser não ousam atacar. O sangue-frio dos Cascavéis os salvou mais uma vez.

Às 8h30, a 163ª Divisão francesa finalmente chega a Séchault, esqueleto urbano ainda fumegante dos repetidos ataques alemães.

No ponto de encontro, os líderes americanos estão ambos esgotados. À beira de um colapso, como suas respectivas tropas. O major Arthur Little e o capitão John Holley Clark, do 2º Batalhão, precisam de um pouco de humanidade. Não falam apenas de estratégia. O major nova-iorquino sabe que seu colega, casado pouco antes de embarcar para a França, é pai de um menininho nascido quando ele já tinha partido para a guerra. Little faz perguntas, enquanto balas e bombas zunem em volta. John Holley Clark tira do bolso uma foto sépia e a contempla atentamente, antes de estendê-la ao colega. Os rostos da esposa e do filhinho, bochecha contra bochecha, o iluminam. "Adoraria conhecer esse moleque", diz Clark. Na mesma hora, o assovio de uma deflagração. Um obus cai do céu diante deles, penetra na terra, faz voar torrões de terra. Mas não explode.

Metro a metro, de bosque em clareira, de montículo em riacho, os soldados prosseguem seu avanço em direção às fortificações da periferia do vilarejo. A fazenda Rosier, sua meta, a base de retaguarda dos alemães em fuga, está fortemente armada. As árvores, ainda de pé, escondem as doze metralhadoras avistadas pelos batedores americanos. Já a vegetação ali em frente é rala demais para garantir proteção suficiente às tropas de assalto. Os Hellfighters tomaram o vilarejo encouraçado, mas ele se tornou sua prisão.

***

Na segunda-feira 30 de setembro, às 2h55, Arthur Little envia dois mensageiros à retaguarda para pedir um favor a Hayward. Propõe recuar seus homens trezentos metros a fim de deixar espaço livre para que a artilharia francesa bombardeie o inimigo.

O dia passa. Sem novidades. Sem que o domínio dos alemães seja rompido. Até que, no fim da tarde, chega o 3º Batalhão, liderado pelo capitão David L'Esperance desde que Lorillard Spencer foi ferido.

Os três batalhões do 369º teriam preferido outra situação para sua reunificação. Apenas cento e trinta e sete praças e sete oficiais compõem o "sangue fresco" desse reencontro de estropiados. O regimento não vai aguentar muito tempo assim. O capitão Clark, secretário particular de Hayward antes da guerra, é enviado em pessoa para ver o coronel, expor a situação e lhe pedir para que retire as tropas. Arthur Little está ciente: se não houver contraordem, seus homens estão prontos para se sacrificar. Escreve então mais uma carta para informar seu superior disso. Dessa vez, o editor não faz literatura. Seu bilhete, endereçado a Harold London, o assistente pessoal de Hayward, é curto e grosso:

Caro Harold,

Por favor, diga ao coronel Hayward que, em minha opinião, não devemos tentar avançar mais pelos bosques sem a ajuda de uma poderosa artilharia de demolição.

O 2º Batalhão tem cerca de cem praças e três oficiais.

O 1º Batalhão tem cerca de trezentos praças e nove ou dez oficiais.

O 3º Batalhão tem cento e trinta e sete praças e sete oficiais.

Acho que todos obedecerão às ordens de avançar pelo bosque se forem dadas; mas, nas condições atuais, todos morrerão ali – e o 15º NY não será mais que uma lembrança.

Nossos homens são maravilhosos.

Mesmo sem nem 5% de alimentação e sono normal, estão aguentando; mas uma grande fraqueza se abate sobre todos nós. Espero que o revezamento esteja próximo. E que nenhuma progressão sem apoio através desses bosques seja imposta a nossos soldados.

A. W. Little,
Major

A resposta de Hayward, que chega às 16h15, é ainda mais direta:

Major Little –

O fogo de artilharia solicitado será executado.

Depois dele, continue seu avanço como anteriormente.

Cel. Hayward.

Arthur Little e seus homens esperam à espreita. Hayward não indicou o horário do bombardeio prometido pelos Aliados. Um silêncio pesado se abate sobre o vilarejo. Algumas explosões, não mais que dez, reverberam de repente, em rosário. Os homens se entreolham. Observam o céu. Continuam esperando. É óbvio que esse foguinho de artifício não terá bastado para abalar as posições inimigas. O major Little está ainda mais pálido. Tem ordem de atacar após o bombardeio. Envia alguns batedores, por força do hábito. Volta a pensar em suicídio, como alguns dias antes, quando se sentia prisioneiro das ruínas de Séchault. Sabe que seus homens seguirão suas ordens. Que irão até o fim da missão em equipe. Como irmãos.

O major espera. Alguns segundos, alguns minutos. Um pouco mais, para ver se o bombardeio recomeça. Dá tempo a seus homens de se prepararem para esse assalto final e inútil. Que cada um faça suas preces, que cada um pense nos seus. Ele próprio se assegura de que suas últimas vontades estejam bem estipuladas, para o momento em que encontrarem os restos de seu corpo nessa floresta devastada do leste da França. É então que um mensageiro, exausto, quase morto, desaba diante dele, com um bilhete na mão. Uma nova carta de Hayward. Ela indica que os homens do 363º Regimento estão a caminho. Chegarão à 1 da manhã, em tempo para participar do assalto matinal coletivo.

Às 6 da manhã, o bombardeio prometido começa para valer. Uma chuva de bombas incendeia os bosques controlados pelos alemães. Uma hora depois, enquanto os obuses continuam cortando o céu, os homens são reaprovisionados de alimentos, depois de trinta horas sem comer.

Às 8 em ponto, os franceses lançam o assalto. Os nova-iorquinos voltam para a retaguarda, do outro lado da colina de Bellevue.

O coronel Hayward, sempre altivo, afirma que seus homens estão prontos para retomar seus postos na linha de frente. Mas tem diante de si um regimento de mortos-vivos. O doutor Kenan, médico da primeira linha que acompanhou toda a ofensiva de Séchault, desmaia de exaustão assim que a missão termina. É levado numa maca e ficará hospitalizado por sete meses. Os outros soldados, definhados, quebrados, sujos, estão em estado de choque quando um oficial francês, por ordem do general

Lebouc, vem avaliar seu moral e suas condições físicas. Ele confirmará em seu relatório ter visto homens exauridos, mas heroicos, sublinhando sua "bravura esplêndida" e "o verdadeiro prodígio de guerra" realizado por eles.

No dia 7 de outubro de 1918, uma nova mensagem chega aos heróis de Séchault. Está assinada pelo general Garnier Duplessy, comandante do 9º Exército Francês, responsável pelo setor:

> A 157ª e a 161ª divisões e a 2ª Divisão marroquina estão deixando o corpo do exército. O general comandante do 9º corpo do exército apresenta suas felicitações mais sinceras e mais calorosas pelos gloriosos sucessos que essas unidades obtiveram graças à sua maravilhosa bravura e indomável tenacidade. O general se inclina diante dos corajosos regimentos americanos que souberam maravilhosamente rivalizar em coragem com seus camaradas franceses. Aqui não é o lugar de enumerar as esplêndidas façanhas que marcaram cada dia de nosso avanço vitorioso. Elas estarão escritas nas terras conquistadas, materializadas nos troféus arrancados ao inimigo e gravadas no coração de vosso chefe, que se inclina profundamente e saúda as tropas.

Os 725 sobreviventes do contingente inicial dos Hellfighters são escoltados até Maffrécourt.

Finalmente deixam a primeira linha depois de 191 dias consecutivos na frente de combate.

Mais tempo do que qualquer outra unidade americana.

OUTONO DE 1918

OS ESQUECIDOS

ATÉ O RENO

UMA PROCISSÃO DE caminhões sobe em direção às nuvens. Serpenteia em volta de gargantas arborizadas que deixam entrever ao longe, lá embaixo, um fio de prata que atravessa o vale: o Reno. Esse maldito rio, a fronteira mítica a conquistar. Já falavam dele na América. No Campo Whitman, em Spartanburg, nos salões de Manhattan e nas ruas do Brooklyn. Os homens do 369º finalmente vislumbram sua meta.

Nesse dia 16 de outubro de 1918, o outono está chegando ao fim. O inverno se anuncia. Os Cascavéis são convocados a guardar uma posição nas proximidades de Hartmannswiller, no coração do Maciço de Vosges. Participarão da última operação de guerra. O objetivo é fazer o inimigo recuar para casa sem conflitos, fechar a tampa do combate enquanto os diplomatas esboçam os acordos da nova ordem mundial. Uma última vez, os *poilus* do Harlem vão se sacrificar por essa França ao mesmo tempo tão acolhedora e tão inóspita.

O major Little, à frente do comboio, admira essas montanhas, ainda maiores do que em seus sonhos. Daqui, acredita poder observar até a Floresta Negra e os cumes dos Alpes. Finalmente o horizonte se abre. Finalmente seus homens respiram ar puro. Mas os Cascavéis não estão em boa forma. A maratona de Séchault devastou os corpos e os espíritos. O regimento está frágil, quase não consegue se deslocar num ritmo constante. Parece ainda menos capaz de aguentar longas batalhas ou atacar com velocidade. Desde sua retirada da primeira linha, os nova-iorquinos navegam sem rumo. As ligações telegráficas e telefônicas com o quartel-general da AEF são ruins. Falta comida e agasalhos para os homens. Conta-se, aqui e acolá, que soldados negros perdidos e esfomeados vagam pela Alsácia à procura de um pouco de pão e de um cantinho para dormir.

Despachados para os acampamentos improvisados nos arredores dos vilarejos do Vale do Thur, os Cascavéis aguardam. Os "hunos" parecem aqui bem temerosos. Oferecem apenas uma resistência esporádica, simbólica, como o rio-fronteira que tentam manter do jeito que dá. Um bombardeio de manhã, outro no fim da tarde. Nada que assuste os veteranos nova-iorquinos, mas o suficiente para desfalcar mais um pouco o regimento já intensamente dizimado. Três homens morrem e oito são feridos nos combates "simbólicos" de 28 de outubro.

Ordens e contraordens pontuam os dias dessa estranha guerra, essa conclusão que demora a chegar. Um assalto previsto para 7 de novembro é anulado sem razão aparente. Alguns alemães perdidos são encontrados nas trincheiras americanas, distribuindo charutos e pedaços de pão em troca de uma escolta para a retaguarda. Aqui e ali esvoaçam bandeiras brancas: cuidado, adverte Hayward, podem ser manobras de espiões. Não confiar em ninguém. Seguir as ordens. Permanecer concentrado quando o cansaço quer vencer você. Cada um já imagina sua volta ao país natal. As aclamações. Os desfiles. As solicitações e a festa em família. A epopeia francesa está chegando ao fim, isso é certo, e dessa aventura há de surgir uma renovação para a comunidade afro-americana. Lidaram de igual para igual com os *poilus* franceses. Combateram lado a lado com eles para salvar o mundo livre. Serão recompensados. Isso lhes trará algum proveito.

Jim Europe, novamente em trajes de combate, já tem ideias para seu pós-guerra. Abrir uma escola de música no Harlem. Promover a música afro-americana, incrementar sua experiência cênica, profissionalizar suas vedetes. Projeta criar a maior orquestra negra da história e tocar no Carnegie Hall, diante de um público de todas as cores.

"Over There" e "Oh How I Hate to Get Up in the Morning" [Ah como eu odeio levantar de manhã] funcionam tão bem nos vilarejos franceses – imagina na Broadway...

O coronel Hayward também anda fazendo contas. Já em 9 de outubro, escreve um longo relatório sobre a situação do 369º, destinado ao comandante da AEF. Sua cólera transparece por baixo do verniz de polidez das comunicações militares. Recorda que não foi consultado quanto às substituições feitas no verão, que minaram a coesão interna do regimento. O cronograma imposto pela AEF estava fora do ritmo. Logo antes das grandes ofensivas, ou então bem no meio delas. Os recém-chegados, mal treinados, assustadiços, fugiam do combate, se escondiam durante os ataques, deixando os mais experientes – os veteranos da Tabacaria – se sacrificarem sozinhos. E acrescenta que a cota de oficiais nunca foi atingida, nem de longe, em seu regimento (menos de trinta quando a norma exige ao menos sessenta). Citando os cumprimentos e as condecorações outorgadas pelos generais franceses Gouraud e Lebouc, indigna-se também com a falta de reconhecimento aos seus homens por parte de Pershing e do alto escalão americano. Em conclusão, o moral, a eficácia e o estado geral de sua tropa estão ligados diretamente às ações – ou à falta de ação – da AEF.

Em resposta, o general Pershing envia dois oficiais – o coronel M. A. W. Shockley e o tenente-coronel E. Hunt – para fazerem uma auditoria do famigerado 369º nos dias 15 e 16 de outubro. Eles observam um regimento de moral baixo, com poucas e frequentemente obsoletas armas, e jovens recrutas mal instruídos. Mas suas conclusões são bem diferentes das de Hayward. Segundo seus enviados especiais, a culpa não é da AEF. Os culpados são o comandante do regimento e o exército francês. Os dois observadores assim resumem o que viram: um regimento que "parece estar no estágio inicial de recrutamento, tendo em vista seu treinamento básico".

No mesmo dia, os "novatos" embarcam em caminhões cobertos de lona e percorrem as estradas sinuosas do Maciço dos Vosges. Vão estabelecer seus acampamentos nesses vilarejos de nomes alemães impronunciáveis, encarregados pelo exército francês de finalmente tirar o Reno da mão dos invasores.

Enquanto os Cascavéis se tornam, dia após dia, os novos senhores das montanhas, o Departamento de Guerra prepara uma operação de retirada com um alvo bem preciso. "Retirem as tropas de cor da França o mais rápido possível." Essa é a ordem proferida. As autoridades americanas temem que os soldados negros tenham cada vez mais contato com a população francesa. Que se aproximem demais das ideias revolucionárias – e das mulheres francesas. Para o alto escalão do exército dos Estados Unidos, a perspectiva de uma mistura dos negros americanos com os civis franceses é ainda mais assustadora que a de seu encontro com os *poilus*. Relatórios militares truncados e fantasiosos continuam circulando nesse outono, exagerando as estatísticas de pilhagens e estupros cometidos pelas tropas negras. A agência de contraespionagem militar, a Divisão de Inteligência Militar (MID), é convocada a mobilizar todos os recursos necessários para controlar as tropas negras e repatriá-las o quanto antes, bem escoltadas, assim que a guerra termine.

No dia 11 de novembro de 1918, às 11 horas, quando é assinado o armistício que põe fim oficialmente à guerra, o 369º está acampado no vilarejo de Bitschweiller, trinta quilômetros a nordeste de Belfort. A orquestra faz um show pelas ruas da cidadezinha para um público que se abraça, celebrando o fim da guerra e a alegria do jazz. Os homens de Jim Europe tocam o "Army Blues" enquanto os soldados alemães, de cabeça baixa e expressão desolada, vão saindo em fila indiana. À noite, os soldados têm direito apenas a um jantar normal. Já os oficiais brindam à vitória com champanhe francês.

O saldo do 369º, no momento em que é feito o balanço final, está à altura de sua aventura e da crueldade da guerra. Dos dois mil homens desembarcados do *Pocahontas* em 1º de janeiro de 1918, mil e trezentos foram mortos ou feridos nas batalhas de Meuse-Argonne. Números que fazem dos Hellfighters o regimento americano que teve mais baixas no conflito.

Mas os últimos Cascavéis se preparam para acrescentar uma última façanha à sua epopeia francesa. Não serão os soldados brancos, esses caipiras paparicados pela AEF, como George Patton ou Douglas MacArthur, que percorrerão os simbólicos metros finais. Os primeiros a transpor o Reno serão os Hellfighters, os sobreviventes do "Velho 15º".

No dia 17 de novembro, o regimento inicia uma marcha em direção a Wattwiller, Wittelssheim, Pulversheim e Ensisheim. Os Cascavéis esvaziam a terra de ninguém e liberam simbolicamente os vilarejos, onde são acolhidos por jovens alsacianas com seus encantadores trajes típicos. Elas jogam flores no chão até formar um delicado tapete sob as botas dos soldados, depois avançam com passinhos miúdos e beijam seus heróis negros em plena boca.

Um pelotão do 1º Batalhão não aparece na hora da conferência das tropas. Só doze horas depois esses homens se apresentam ao major Little, completamente perplexo. O tenente, incorporado poucos dias antes, confessa ter se perdido nas montanhas dos Vosges. "O que você fazia nos Estados Unidos?", pergunta Arthur Little, irritado com esse recruta desastrado. "Era guia no parque de Yellowstone", responde, de cabeça baixa, o infeliz tenente.

O regimento finalmente se reúne nas proximidades de Blodelsheim, a algumas centenas de metros do Reno. Já não há mais inimigos. Apenas soldados nova-iorquinos isolados, aguardando para transpor esse rio e fechar seu trabalho com chave de ouro.

Nas ruelas do acampamento desfila um rapazinho todo espevitado. "Ei, sargento, o que tem aí no seu capacete? E onde arranjou essa Cruz de Guerra?" O pequeno carregador de malas, tão orgulhoso de sua condecoração, cumprimenta o curioso e responde: "Senhor, pelo jeito não sabe quem eu sou...".

"Não, realmente não sei", confirma o tenente (um recém-chegado). "Quem é você?"

"Senhor, meu nome é Henry Johnson", diz o herói de 15 de maio, gentilmente desdenhoso, antes de dar meia-volta.

No dia 20 de novembro de 1918, às 10h30, o coronel Hayward ordena às tropas que se ponham em marcha até o leito do Reno. Com alguns de seus adjuntos mais próximos, o advogado do Nebraska se antecipa ao horário oficial e corre em direção à margem arenosa do rio. Põe o pé no chão, pronuncia algumas palavras simbólicas, se agacha e pega com as mãos um pouco de água gelada. Meia hora depois, todos os seus homens se juntam a ele. Os Hellfighters são o primeiro regimento Aliado a alcançar o Reno.

Numa carta endereçada a Hayward dois dias depois, o general Georges Lebouc parabeniza seu colega *yankee* por ter colocado sua "torre de controle negra" diante do rio. O general elogia esse regimento americano "que, com pouco treinamento, combateu com uma bravura formidável, e, no que diz respeito à atitude e à disciplina militar, não fica atrás de nenhum regimento francês". E termina de maneira espetacular: "Ficarei muito feliz em enfeitar sua bandeira e abraçá-lo diante de seu regimento. Nesse dia, não beberemos apenas a água do Reno, beberemos champanhe, e será um dia formidável".

***

A Planície de Munchhausen está cheia de cavalos e soldados. Alinhados em simetria, estão ali doze mil deles. Faz calor nesse dia 13 de dezembro de 1918. As bandeiras flutuam ao vento. Os uniformes estão limpos, as expressões, alegres e os peitorais, estufados. Como anunciado por Lebouc, uma grandiosa coreografia anima a vasta planície alsaciana. Os homens da 161º Divisão formam um imenso retângulo. O lado norte é composto de homens negros, imóveis e silenciosos.

Soam as cornetas. Doze silhuetas montadas a cavalo surgem ao longe, do lado oeste da planície. Chegam a todo galope. No centro, montado num belíssimo cavalo bege, o general Lebouc veste um sobretudo azul e um chapéu vermelho que combina com a sela e com a calça. Adentra o retângulo formado por seus homens pelo ângulo sudoeste e, sempre a cavalo, vai cumprimentando os soldados. Então se aproxima do centro e desmonta. É hora de entregar as condecorações.

William Hayward, Arthur Little e o tenente-coronel Woodell Pickering avançam calmamente em direção a ele. O general Lebouc lê em voz alta, em francês:

> Sob o comando do coronel Hayward, que, embora ferido, insistiu em conduzir seu regimento ao campo de batalha; do coronel Pickering, admiravelmente calmo e corajoso; do major Cobb (morto); do major Spencer (gravemente ferido); e do major Little, um verdadeiro líder, o 369º RIUS, engajado pela primeira vez numa ofensiva em setembro de 1918, rompeu as posições inimigas, tomou, após um

duro combate, a cidade de Séchault e capturou seis canhões e um grande número de metralhadoras.

E depois espeta delicadamente o símbolo da Cruz de Guerra na bandeira estadunidense e no estandarte dos Cascavéis. A mais alta distinção militar francesa é assim outorgada, coletivamente, ao conjunto do regimento. O general se aproxima dos três oficiais americanos, beija cada um dos dois lados do rosto e passa em revista os homens, cavalos e peças de artilharia. Além da condecoração coletiva, espeta a Cruz de Guerra no peitoral de cada um dos oficiais presentes. No total, 170 Hellfighters recebem a mais alta condecoração; mais do que qualquer outra unidade americana envolvida na guerra.

Durante toda a campanha na França, os Cascavéis não perderam uma polegada de terreno e não deixaram que um só homem fosse capturado vivo.

Três dias depois, o 369º acampa na elegante cidadezinha de Ribeauville, em meio aos vinhedos da Alsácia. Em seguida, na condição de membro da 161ª Divisão do Exército Francês, o regimento é transferido para a reserva e oficialmente liberado do comando francês. Os *poilus* do Harlem voltam a receber ordens diretas do general Pershing. A essas alturas, todos têm um único desejo: voltar para casa e encontrar seus entes queridos. Deixar a guerra o quanto antes.

Os sobreviventes do regimento iniciam uma última viagem. Debaixo de uma tempestade de neve, percorrem a pé vinte quilômetros até a cidadezinha de Roderen. Ao chegar, descobrem que as instalações prometidas estão ocupadas por soldados marroquinos que esperam a ordem de se deslocar. Continuam então sua caminhada até Bourbach-le-Haut. Os mais fracos são levados na garupa das montarias dos oficiais. Só há camas para trezentos homens, menos da metade do regimento. Arthur Little instala o resto das tropas na igreja local, apesar da resistência do padre.

Uma imensa fazenda dos arredores de Belfort, a cidade para a qual são despachadas as tropas, serve de ponto de encontro para festejar o Natal. O pé de meia do regimento é utilizado para preparar um jantar digno dos melhores Dias de Ação de Graças, com perus e batatas.

A Cruz Vermelha banca o Papai Noel distribuindo cigarros, chicletes e biscoitos, bem como charutos e espuma de barbear. Os mais sortudos recebem pacotes da família. Terminado o almoço, às 3 horas da tarde, todos abandonam a enorme sala de jantar: é a música que chama os convivas para fora.

No pátio da fazenda, Jim Europe está de batuta na mão. A orquestra oferece o mais lindo concerto de Natal. Os meninos e os moradores do vilarejo logo se amontoam ao redor dos músicos. Cantam, dançam e riem juntos ao som do jazz do generoso Big Jim. É o apogeu de uma aventura comum, de esperanças e sofrimentos partilhados, selada por uma tarde de festa.

No dia seguinte, os Hellfighters pegam o trem para o oeste da França.

QUEM VENCEU A GUERRA?

UM GRITO, RETOMADO em coro, ressoa ao longo das estradas de ferro: "Quem venceu a guerra?!". Os nova-iorquinos, apoiados nas janelas dos vagões, interpelam a França inteira, ao ritmo das paradas nas estações do interior. Quem venceu a guerra? Os açougueiros, os padeiros, as mulheres, a Cruz Vermelha... Todos venceram a guerra. E sobretudo os Cascavéis, tão orgulhosos por terem cumprido sua missão. Quando uma parada se estende, Jim Europe manda a orquestra descer do trem e toca pelo simples prazer de tocar. Como que para deixar um último vestígio de sua aventura. Compassos de jazz que ressoarão para sempre no ar. Todos riem e se divertem. Recordam-se dos momentos mais intensos, como se a epopeia toda tivesse sido um passeio. À medida que a América se aproxima, o foco se desloca para a volta, as histórias que serão contadas, as crianças que terão crescido, as esposas e os amigos que lá ficaram e que terão acompanhado a guerra em pontilhado, nos jornais ou na rádio e lendo as raras cartas que terão chegado. Será preciso contar, sim, contar tudo. A vida vai parecer fácil na volta, com certeza, em comparação com a tomada do "Calvário" da elevação de Mesnil ou com o cerco de Séchault.

Os campos franceses desfilam pelas janelas. Um ano após a descoberta, de Brest a Saint-Nazaire e de Saint-Nazaire a Connantre, do lúgubre inferno que se tornaria seu novo lar, os Cascavéis lançam outro olhar sobre essa paisagem, sempre triste e arrasada, mas que não tem mais as mesmas cores. Agora o país está a salvo.

Depois de mais de seiscentos quilômetros sacudindo nos vagões, os Hellfighters descem na estação de Mans. Juntam-se pela primeira vez aos outros regimentos da 93ª Divisão. É uma reunião de família. As substituições do verão tinham dispersado os homens do "Velho 15º". Eis os amigos de volta... *Quem venceu a guerra? O 270º, o 371º, o 372º venceram a guerra. O 369º venceu a guerra!*

É claro que Pershing não esqueceu seus soldados *de cor*. Preparou para eles um programa personalizado de "volta à realidade". Assim que chegam a Mans se deparam com um jovem e inábil instrutor, recém-saído da escola militar, sem nenhuma experiência prática, enviado para lhes ensinar os gestos básicos do manejo das armas de fogo. Uma pseudolição de iniciação com o claro objetivo de humilhar. Os Cascavéis, tão estoicos quanto em Spartanburg, obedecem e até fingem se interessar. A AEF quer mostrar aos *poilus* do Harlem que eles voltaram a ser americanos. E que dentro do exército americano os negros nunca terão vez, por maiores que tenham sido suas façanhas.

***

Brest já é quase a América. Assim que descem do trem vindo de Mans, os Cascavéis são arrastados por uma multidão de soldados agitados que vêm e vão em todas as direções. A confusão reina na cidade portuária, que fervilha com dezenas de milhares de soldados prestes a partir. O acampamento de Pontanézen ("Ponty" para os *yankees*) chegou a receber noventa mil homens, o mesmo que a população francesa da capital do Finistère. Nesse mês de janeiro de 1919, os salvadores da pátria cantam, trocam xingamentos, berram e dão gargalhadas. Os rapazes do "Velho 15º" se encontram em minoria entre esses soldados brancos com quem nunca tinham travado contato desde sua partida para a frente de combate. Os Hellfighters, abandonados nesse ambiente hostil, são uma substância química altamente inflamável. A menor faísca pode detonar as pulsões de morte...

É o que acontece quando um Cascavel extraviado, depois de uma visita às latrinas, se perde do regimento no meio da confusão. Pergunta então o caminho a um membro da polícia do exército. Em resposta, o homem branco ergue seu bastão e abre o crânio do soldado isolado. Forma-se um ajuntamento. O major Little intervém para acalmar os espíritos. O capitão do agressor mexe os pauzinhos e livra a cara do seu subordinado: "Esses pretos estão bancando os espertinhos", diz a Little, aconselhando-o a tirar seus homens dali o quanto antes para evitar problemas.

À noite, a caminho do acampamento, os Hellfighters cantam seus refrãos favoritos. Dois soldados brancos cruzam com Arthur Little e seus homens, depois voltam refazendo seus passos. "Tem um monte desses teus pretos que gritam pra nós 'quem venceu a guerra?' quando a gente passa do lado deles." O major Little, impassível, responde que seus soldados são disciplinados, que eles têm o direito de se expressar e que é melhor os dois fazerem de conta que não ouviram nada. "Vocês são os primeiros a agir como se não gostassem dos nossos homens. São os primeiros de todo o exército a não aceitar a brincadeira da pergunta 'quem venceu a guerra?'." E manda que deem o fora. Ao ir embora, um dos dois o ameaça: "Isso vai te valer três meses de cadeia".

Arthur Little logo descobrirá que os soldados brancos receberam a instrução de não saudar os oficiais comandantes das tropas negras nem obedecer às suas ordens. Já os soldados negros têm ordens de não provocar os brancos. Aguentar as ofensas sem responder a elas.

Pois o exército prossegue em sua retomada do controle desses negros mimados demais pelos franceses, como se a ponta do Finistère fosse um território submetido à doutrina Jim Crow. No momento em que uma epidemia de gripe, particularmente devastadora, enfraquece uma boa parte dos soldados, os serviços de saúde – Cruz Vermelha e YMCA – só oferecem consultas e prescrevem medicamentos para os soldados brancos. Aliás, suas instalações ficam fora dos limites designados aos regimentos negros, que não têm permissão para deixar as ruas centrais do acampamento. Os Hellfighters sofrem, impotentes, uma reamericanização forçada. Uma humilhação institucionalizada numa cidade onde a polícia do exército tem por missão sufocar qualquer clamor por liberdade e extirpar qualquer embrião de revolta.

As prioridades de embarque variam a cada dia ao sabor dos caprichos dos dirigentes da AEF. Um suspense insuportável para os homens do "Velho 15º", ameaçados várias vezes por dia de serem deixados por último na lista. As peripécias dos outros regimentos negros não inspiram otimismo. Quando o 1º Batalhão do 367º Regimento já carregou suas bagagens no USS *Virginia* e está prestes a embarcar, chega a ordem de tirar do navio todos os pertences dos soldados. O capitão não quer saber de negros a bordo. Nenhum negro jamais viajou em seu navio nem viajará, explica ele, enquanto soldados brancos sobem a bordo.

Finalmente, no dia 1º de fevereiro, o 369º caminha em silêncio pelas ruas de Brest, depois sobre as docas, como uma fileira de escravos mudos. Hayward teme que a música infrinja alguma regra e deixa o regimento como último da lista de embarque. No derradeiro momento, a pedido do chefe da base em pessoa, a música retoma. A fanfarra inverte o "Goodbye Broadway, Hello France" [Adeus Broadway, olá França], tocado um ano antes, em "Goodbye France, Hello Broadway" [Adeus França, olá Broadway], enquanto o SS *Stockholm*, o SS *Regina* e o SS *France* se lançam ao Atlântico.

O GRANDE DESFILE

A ESTÁTUA DA LIBERDADE se deixa vislumbrar ao longe em meio à bruma.

No dia 12 de fevereiro de 1919, dia em que Abraham Lincoln faria 110 anos, os Hellfighters estão de volta à América.

Enquanto os homens esperam no Campo Upton (em Long Island), o coronel Hayward faz das tripas coração para manter sua promessa. Ele tinha jurado a seus rapazes, excluídos do "desfile arco-íris" no verão de 1917, que voltariam a Nova York como heróis. Eles merecem a mais bela das cerimônias. Merecem desfilar nas ruas de sua cidade. Sob suas ordens, o "Velho 15º" transformado em 369º foi "a melhor unidade da Grande Guerra", como enfatizou numa entrevista concedida ao *New York Times* em 14 de fevereiro. Hayward parlamenta com o prefeito, com os oficiais e com o alto escalão do exército. Mas a batalha não é fácil. O Departamento de Guerra alega que é preciso esperar que todas as tropas tenham voltado antes de pensar num grande desfile comum. Para piorar, os funcionários da cidade encarregados da alimentação nos grandes eventos se recusam a servir negros.

Mas com o apoio dos líderes da comunidade negra do Harlem, o coronel finalmente obtém um sim. O desfile do 369º é marcado para o dia 17 de fevereiro. William Hayward e Jim Europe se unem para preparar um grande show. Ambos sabem muito bem que os nova-iorquinos, acostumados com as extravagâncias da Broadway e com os espetáculos mais fantásticos, são um público exigente. Além disso, é preciso calar o bico dos maledicentes que zombavam, dois anos antes, das primeiras saídas do regimento com cabos de vassoura. O Harlem precisa reencontrar seu orgulho. Os Cascavéis serão os primeiros soldados chegados da França a terem seu próprio desfile nos Estados Unidos. Esse dia marcará a história.

O 369º chega a Nova York na manhã do dia 17 de fevereiro. Balsas e mais balsas repletas de soldados atravessam o East River e aportam no sul de Manhattan. Então, na esquina da Madison Avenue com a 23rd Street, o regimento toma posição. Os homens estão em uniforme de combate. Lustram os fuzis-baionetas, ajustam os capacetes e os cintos de munição. Jim Europe respira fundo. Avalia seus homens. Verifica seus trajes. Praticamente dobrou o efetivo de sua orquestra "francesa" para aumentar sua potência de fogo. Cada um recebeu instruções precisas, e o chefe repreendeu com rigor o inconstante percussionista Herbert Wright, que andara agindo de maneira inconveniente nos últimos shows, a ponto de deixar o palco no meio de uma música após ter executado sua parte. O desfile é uma coisa séria. Não se brinca com o entretenimento, sobretudo em Manhattan. Sua orquestra, mais uma vez, deve estar impecável. Os Cascavéis sabem que estão sendo esperados, embora ainda não tenham ideia da dimensão da acolhida que estão prestes a receber. São 11h26. *Um, dois, três. Vamos!*

Queixo erguido, cabeça protegida por um capacete às vezes entortado pelos projéteis da guerra, botas lustradas que estalam ao contato com o chão, o "Velho 15º" invade a 5th Avenue. Puxando o cortejo, quatro patrulhas da polícia montada. A seguir, um único homem, William Hayward, desfila a pé na frente dos seus pequenos bebês negros. O coronel triunfante marcha sem capengar, apesar da perna ferida. Conduzirá seus homens até o fim. Está fechando hoje com chave de ouro essa história iniciada anos antes nas ruelas de Nova York. Diziam-no louco e seus homens, imprestáveis – agora ei-los aclamados nas avenidas de Manhattan.

Atrás de Hayward marcha sua equipe: majores, capitães e adjuntos, seguidos por algum tempo pela orquestra da polícia – até a 60th Street – cujas tímidas melodias são recobertas pelos hits tocados a todo volume pelos cem músicos de Jim Europe, que desfila em seu encalço. São eles que imprimem o ritmo do dia. E não com jazz americano, mas com uma homenagem musical aos franceses: a interpretação da "Marche du régiment de Sambre et Meuse", um clássico desde Napoleão, reorquestrado com saxofones sedutores e baixos ribombantes. Sem bastão, como simples soldado, Europe faz soar o "Salut du 85e", sua marcha favorita, aprendida na França.

Atrás da orquestra, os soldados. O coronel Hayward optou pela formação em ordem cerrada, a mesma utilizada pelo exército francês ao desfilar nos Champs-Élysées: dezesseis fileiras de dez homens cada. Os sargentos dois passos à frente das patrulhas, os tenentes três passos à frente dos sargentos e os capitães cinco passos à frente dos tenentes. O conjunto provoca um efeito visual impressionante, como nunca se viu na América. Blocos compactos de homens marchando empertigados, de baionetas na mão. Todos dentro da cadência, impecavelmente posicionados, ostentando a altivez dos vencedores.

No meio dos 2.992 homens, flutuam ao vento a bandeira estrelada e listrada americana e o estandarte dos Cascavéis. Também eles fizeram toda a viagem e sobreviveram a todos os combates. E voltaram intactos, realçados por uma discreta insígnia verde e dourada: o símbolo da Cruz de Guerra francesa entregue ao regimento na planície de Munchhausen.

Um comboio motorizado fecha o desfile. Nas viaturas são trazidos os cerca de duzentos feridos, incapacitados de marchar em cadência, mas dispostos a gozar seu momento de glória e saudar a multidão compacta e agitada.

A algazarra aumenta ainda mais quando reconhecem a silhueta de Henry Johnson, todo orgulhoso num conversível. Capacete na mão esquerda, um enorme buquê de lírios vermelhos e brancos na direita, ele inclina elegantemente a cabeça para saudar seus admiradores, embriagados de euforia. "Parece até um enterro, Henry, esses lírios", gritam para ele. "Só se for o funeral dos *Bush Germans*, camarada! O funeral dos *Boches*", responde na lata o pequeno herói. "O-oh, seu malvado Henry Johnson! Seu grande malvadão! ", ele escuta, sorrindo cada vez mais. *Ei, Morte Negra*, gritam mais adiante. Exclamação que se espalha em eco do norte ao sul de Manhattan.

Mais de 250 mil pessoas se espremem nas calçadas numa alegria louca. Alguns espectadores estão ali desde as 9 da manhã para garantir os melhores lugares. Chovem cigarros, moedas, confete e balas. Os homens colocaram seus mais belos sobretudos, as mulheres, seus vestidos mais elegantes, apesar do vento frio encanado entre os prédios. Ao longo da 5th Avenue, a multidão, branca em sua maioria, aplaude intensamente os heróis da cidade. O "Velho 15º" causa sensação.

A tribuna oficial foi montada na 60th Street. Entre as personalidades que aplaudem com maior ou menor sinceridade, figuram os bilionários William Randolph Hearst, Rodman Wanamaker e, naturalmente, Charles Whitman, o ex-governador que autorizou a formação do "Velho 15º" em 1916. Ao seu lado, seu sucessor, Al Smith, que acena com distinção. O Departamento de Guerra evidentemente enviou Emmett J. Scott, o eterno encarregado das questões negras, para representá-lo na tribuna. Mas nem todos os figurões dão o ar da graça. O camarote do prefeito está vazio. John F. Hyland, de férias ao sol da Flórida, em Palm Beach, não interrompe seu ócio para aplaudir os soldados negros.

Depois de saudar os poderosos, os heróis contornam o Central Park e se dirigem ao norte. Logo estarão no Harlem. Logo estarão realmente em casa. Antes de penetrar na Lenox Avenue, o coronel Hayward detém a marcha. Tem algumas instruções a dar. Nada de desfilar em formação cerrada nas ruas do Harlem: todos devem aproveitar o espetáculo – e reconhecer os rostos dos heróis. É em uma única coluna de linhas espaçadas que o "Velho 15º" percorre sua terra natal. *Em frente, marche!* Partem. E Jim Europe, verdadeira *jukebox* humana, escolhe a petulante "Here Comes My Daddy Now" [Lá vem meu papai agora] como trilha do reencontro.

"Bem-vindos, combatentes do 15º!", leem os soldados nas bandeirolas e cartazes do público que os espera amontoado nas calçadas. Muitos ostentam também braçadeiras pretas com uma estrela, em memória de algum parente morto pela França. Mas o humor geral é festivo. Bandeiras estreladas e listradas e estandartes com cascavéis ondulam nas varandas dos prédios. Os moradores envolvem seus heróis num enorme abraço. Aclamam-nos, beijam-nos. Bebês são erguidos para que seus pais os vejam, não raro pela primeira vez. A marcha rígida do início logo se transforma em procissão aberta. Mulheres e crianças se infiltram nas fileiras. Caminha-se de mãos dadas ou abraçado e todos cantam em coro. A trilha sonora também muda: em vez das marchas francesas tocadas diante da tribuna oficial, Jim Europe puxa "Won't You Come On, Bill Bailey" [Você não vem, Bill Bailey?] e outros *ragtimes* dançantes que sacodem os espectadores debruçados nas janelas e nas escadas de incêndio. Uma alegre confusão envolve o Harlem numa doce loucura em que todos aplaudem, se abraçam e gritam.

Aos poucos, o regimento vai se dissolvendo nas ruas do bairro, até que os restantes penetram no local reservado para a festa. É na esquina da 34th Street com a Park Avenue, na armaria do 71º Regimento, que foi montado o imponente bufê, uma pista de dança e um ringue de boxe. O famoso restaurante suíço-italiano Delmonico's propõe um menu de primeira, patrocinado pelo Comitê de Cidadãos de Nova York: "canja de galinha, sanduíches de manteiga, fatias de moleja de vitela, salpicão de frango, sanduíches de língua de boi, sanduíches de presunto, sorvete, bolo, maçãs, bananas, café e cigarros".

A festa não fica confinada ali. Estende-se por todas as ruas adjacentes. Há luz e gritos de alegria nos lares dos Cascavéis – vários dos quais, abduzidos pelos amigos e pela família, não estarão presentes às 18 horas para voltar ao Campo Upton...

Quando passa seus homens em revista, ao final de um dia soberbo, mais belo que em seus mais belos sonhos, os olhos azuis-aço do coronel Hayward estão marejados de lágrimas. Só faltava estarem ali também os homens do general Gouraud, com os quais teria adorado compartilhar aquela festa.

Henry Johnson está "ausente sem justificativa". Mal terminado o desfile, um grupo de admiradores arrastou seu novo herói de bar em bar, numa louca maratona de danças, afagos e bebidas. Enquanto isso, as horas passam em Campo Upton e ninguém tem notícias do mascote do regimento. Até que o jovem carregador de malas, com cara de acabado, se apresenta a Hayward três dias após seu sumiço. Em sua defesa, alega que não podia recusar os sucessivos convites para não macular a reputação de cortesia do regimento. E é perdoado imediatamente.

No dia 19 de fevereiro, dois após o grande desfile, os Hellfighters são oficialmente desmobilizados.

UMA ESTAÇÃO VERMELHO-SANGUE

OS CONFETES DO DESFILE se dispersaram. As ruas de Manhattan foram lavadas. A festa acabou.

O coronel William Hayward, seguido pelo major Little, pede demissão alguns dias após a desmobilização. Os dois líderes do 369º esperam assim ser substituídos por oficiais negros. Nesse mesmo momento, a municipalidade de Nova York aceitou arcar com a construção de uma armaria para o regimento e confiou o projeto ao arquiteto negro Vertner Tandy, um dos Cascavéis históricos.

Porém, o regimento está mais órfão do que nunca. Privado de reconhecimento nacional, o "Velho 15º", renomeado 369º, é rebaixado à categoria de "15ª Guarda de NY", uma organização local proibida de agir no exterior. Um novo chefe, branco, William Jay Schieffelin, herdeiro de uma influente família que fez fortuna no ramo dos produtos farmacêuticos, assume o comando. O velho Charles Fillmore, herdeiro natural de Hayward, sofre uma nova derrota pessoal, embora seja elevado à patente de tenente-coronel.

Um único membro do 369º, o tenente branco George Robb, ferido quatro vezes em Séchault, recebe a Medalha de Honra – uma das 78 outorgadas no total a soldados americanos. Nem Henry

Johnson, o herói mais popular do regimento, nem qualquer outro soldado negro será recompensado com a mais alta distinção militar de seu país.

Nos primeiros dias da primavera de 1919, só a música ainda mantém viva a memória do 369º. Jim Europe renomeou sua orquestra "Lieut. James Reese Europe and His Famous 369th Infantry Band" [Tenente James Reese Europe e sua famosa Banda de Infantaria do 369º], mais conhecida simplesmente como "Hellfighters Band". A banda logo se lança numa turnê de dez semanas pelo nordeste do país até o Centro-Oeste. O repertório inclui uma compilação dos melhores *ragtimes*, das composições francesas de Jim Europe ("On Patrol in No Man's Land"...) e alguns clássicos do Sul para agradar o público branco. Mas Europe e Sissle compartilham o desejo de elevar o jazz à categoria de arte maior. Querem que a alma africana conquiste espaço nos lugares consagrados à alta cultura americana. Essa será a nova missão dos soldados-músicos. A Hellfighters Band grava onze compactos no mês de março, nos estúdios nova-iorquinos do produtor fonográfico francês Pathé, ornados com o galo dos franceses. "Sessenta e cinco músicos soldados direto das frentes de combate na França – a banda que enlouqueceu o jazz francês", diz o rótulo desses vinis cujo grande hit é a eterna "On Patrol in No Man's Land", composta no hospital militar de Gizaucourt.

Já os outros Hellfighters em poucas semanas perdem toda a aura com que tinham voltado coroados da guerra. Não representam mais que soldados de opereta. Os heróis voltam a ser *negros*. Ou *rastus*,* como são chamados às vezes também no Norte, um território em rápida transformação econômica, prejudicado pela queda das encomendas industriais da guerra. Metrópoles onde encontrar trabalho é um desafio quando só se tem a oferecer a força dos braços. Um retorno à realidade ainda mais duro para os estropiados, que nem sequer conseguem emprego. Sobretudo quando a burocracia militar e as políticas previdenciárias os privam do auxílio necessário à sua

* Termo pejorativo tomado de empréstimo ao nome de personagens negros típicos que figuravam em certos filmes, histórias em quadrinhos e romances racistas populares no início do século XX.

reconstrução. Não é raro, de fato, que a taxa de invalidez observada pelos médicos do exército atinja 29%, quando são necessários 30% para que se receba uma cobertura total pelos ferimentos devidos à guerra. Sem falar que o bônus de sessenta dólares distribuído no momento da desmobilização não dá nem para o gasto, já que os preços triplicaram desde 1915.

Assim, o pagamento dos heróis, muitas vezes apostado no *craps*, continua a não vir. O do mês de janeiro de 1919 para o 92º Regimento é bloqueado por uma enigmática punição. O do 371º cessa sem razão em outubro de 1918. Enquanto isso, os Hellfighters do 369º não recebem nada desde maio de 1918... Mesmo assim, antes de voltar à pátria, os soldados negros americanos fazem uma vaquinha de trezentos mil francos e a doam ao fundo dos órfãos de guerra.

A política militar prossegue o branqueamento iniciado no verão de 1918. Embora o exército deixe a critério das legislações locais as modalidades de inscrição nas legiões, os comissários encarregados de recrutar oficiais aplicam eles próprios a triagem racial. A primeira barreira está na simples inscrição para concursos ou formações. Prova disso é esta resposta da comissão de exame à candidatura de um soldado negro: "O Conselho recomenda que não seja examinado. Motivo: não qualificado em razão das características inerentes à raça negra; parecer do Conselho, fundado na opinião de cinco oficiais brancos que servem no 368º Regimento de Infantaria. Os pretos não têm fibra moral, o que os torna inaptos a serem oficiais e líderes de outros homens". Do mesmo modo, quando o coronel I. C. Jenks deve julgar a solicitação do major Milton Dean – que tem 22 anos de experiência no exército –, sua resposta traz o mesmo selo racista, só que desta vez em forma de subentendidos: "O major Dean é um oficial muito competente, porém, por razões que não desejo formular, mas são bem conhecidas de todos, não posso recomendá-lo".

O general Pershing, tendo voltado da França como grande vencedor da guerra, evita completamente mencionar os atos de bravura de seus soldados afro-americanos, assim como cala as discriminações infligidas pelo zelo dos seus próprios serviços. Black Jack forjou sua própria teoria quanto às façanhas dos Hellfighters na França: segundo ele, os soldados negros foram, na melhor das hipóteses, eficazes, senão "particularmente sortudos".[1]

***

Eles ainda estão ali, os rapazes do SOS e dos regimentos de pioneiros. Não saíram da França. Uma última missão lhes foi confiada: cuidar das feridas da terra. Recolher os obuses espalhados. Enrolar os arames farpados. Limpar o sangue dos massacres. Recuperar os corpos perdidos. No inverno de 1919, os servidores do exército americano ainda povoam as trincheiras esvaziadas de vivos. Sua tarefa é cronometrada: é preciso limpar tudo antes da primavera, para que os agricultores franceses possam semear o campo.

A mórbida coleta consiste em desenterrar os restos de corpos humanos espalhados pela linha da frente de combate, meio engolidos pela terra, para construir cemitérios e enterrá-los de novo. Num raio de cinquenta quilômetros ao redor de Romagne, os homens do 813º, 815º e 816º regimentos são encarregados dessa procura por cadáveres, mas também de identificá-los, encontrar sua inscrição no registro militar e enterrá-los no que virá a ser o Cemitério Americano de Meuse-Argonne. Esses homens-toupeira encontrarão e reenterrarão mais de 23 mil corpos.

A missão, recusada por todos, só podia ser atribuída a eles, os homens de segunda classe, os soldados *de cor*. Uma espécie de casta inferior, a única que poderia sujar suas mãos com o sangue dos cadáveres. Como justificativa, os soldados brancos vizinhos do 813º contam aos civis franceses que o trabalho de papa-defunto é atribuído aos negros por causa de uma doença. E um porta-voz do exército não hesita em utilizar uma hipérbole ao promover os Assuntos Mortuários*:

> Que maravilhoso espetáculo ver esses rapazes partindo para o combate com suas cruzes em riste até a última morada de uma morte sagrada! Isso nos faz pensar nesta outra cena sagrada de nossa história, quando um africano carregou a cruz de Cristo até o topo daquela

* Serviço do exército americano encarregado da recuperação, identificação, transporte e enterro dos militares mortos em combate.

pequena colina longínqua e verdejante. Para mim era um privilégio apertar a mão desses rapazes carregados do aroma dos mortos. Eu lhes disse: "Jovens, estou orgulhoso de vocês. Vocês empreenderam a mais sagrada das missões: a guerra. Aquilo que outros se recusavam a fazer, vocês fizeram de boa vontade e de maneira excelente. Prometo que assim que voltar à terrinha exporei o que fizeram em todos os auditórios onde pisar".[2]

O grande desfile da vitória em Paris, previsto para 14 de julho de 1919 em companhia dos Aliados, ocorrerá sem um soldado negro americano. Ordem da AEF. Em vez disso, as unidades negras ainda em solo francês ouvirão os discursos de Robert Russa Moton, diretor do Instituto Tuskegee, enviado pelo exército para explicar como convém se manter discretos para agradar aos americanos brancos.

No monumental afresco de 120 metros intitulado "O panteão da guerra", inaugurado em outubro de 1918 ao lado do Hôtel des Invalides, todas as tropas presentes na guerra são representadas, exceto os soldados afro-americanos. Ordem do Departamento de Guerra.

***

A Casa Branca treme de medo. Teme invasores de um novo tipo, uma ameaça rubro-negra. Os soldados *de cor* retornados da Europa seriam perigosos renegados bolcheviques. De acordo com os indícios levantados pela Divisão de Inteligência Militar (MID), uma "Liga internacional dos povos escuros" estaria fomentando um complô para desestabilizar a América. Os japoneses, os alemães, os irlandeses e os judeus estariam mancomunados com os veteranos do 370º Regimento para realizar, usando todos os meios possíveis, "a promoção da igualdade social". O Departamento de Justiça estabelece uma tipologia dos grupúsculos, federações e movimentos diversos ligados, direta ou indiretamente, a ideias igualitárias, comunistas ou rebeldes. Qualquer coisa que pudesse minar a base da ordem social americana.

Em 31 de janeiro de 1919, instruções secretas são enviadas pela AEF a todas as unidades de contraespionagem americana a respeito desses invasores:

Entre os objetivos declarados da organização está a proteção dos interesses negros e a luta coletiva, sobretudo no Sul, contra todo e qualquer esforço branco no sentido de restaurar sua ascendência. Eles pretendem garantir aos pretos igualdade de chances, intelectuais e econômicas, e a manutenção da igualdade entre as raças, tal como instaurada na França.

Quando o famoso líder intelectual negro W. E. B. Du Bois é esperado para um discurso diante da 92ª Divisão, em janeiro de 1919, os espiões logo ficam em polvorosa. O major F. P. Schoonmaker assim alerta seus agentes da sombra:

> 1. Um homem chamado Du Bois, portador de um salvo-conduto de visitante, foi assinalado quando esteve em visita a esta divisão. Sua presença em qualquer posto de todas as unidades deve ser imediatamente assinalada ao chefe adjunto do estado-maior (G-2 – major Schoonmaker) deste quartel general. Do mesmo modo, um relatório será prontamente transmitido ao G-2 sobre todos os seus feitos e gestos em qualquer posto que seja. 2. A decisão sobre essa investigação a respeito de Du Bois e de seus atos não será comunicada a ninguém fora do Serviço de Informação.[3]

Acima da luta racial estaria, portanto, uma luta de classes. Esses rubro-negros, mitificados, logo são caricaturados na imprensa. O homem-gorila gigante, que simbolizava alguns meses antes a fúria assassina de Henry Johnson, é agora o símbolo cartunesco de um novo "perigo vermelho".

Também na França, a polícia do exército americano considera os soldados negros suspeitos. Ainda mais se forem graduados ou tiverem convivido de perto com os franceses. Rumores e testemunhos isolados de assassinatos e linchamentos surgem depois do armistício, indícios corroborados pelo relatório apresentado na primavera de 1919 pelo senador Tom Watson. Ele afirma que 62 soldados, quase todos negros, foram executados sem processo por oficiais militares. O antigo advogado geral da AEF nega essas acusações, alegando a qualidade de seus oficiais, que nunca teriam atirado sem justificativa, e enfatizando que esses assassinatos "ilegais" não figuram em nenhum registro. Quando o senador Watson mostra a fotografia de um enforcamento ocorrido em Gièvres, o advogado geral reconhece seu caráter excepcional, mas afirma que ela foi tirada em junho de 1919 [quando era verão no hemisfério norte]. No entanto, na foto, os oficiais que rodeiam o corpo pendurado na corda estão todos vestindo grossos casacos de inverno...

Segundo a Divisão de Registro de Sepulturas, encarregada da identificação dos corpos reenterrados, marcas de estrangulamento foram encontradas nos pescoços de vários cadáveres americanos. Também nesse caso, o que as testemunhas oculares dizem não corresponde ao conteúdo dos relatórios oficiais. Como quando dois médicos do exército, empregados numa pequena base francesa de novembro de 1918 a maio de 1919, negam qualquer enforcamento, e garantem que algo assim jamais teria lhes escapado. Ao passo que um oficial branco afirma que ele próprio foi encarregado do enforcamento de dois homens neste período, fornecendo inclusive o detalhe de que teve de drogar um deles para acalmá-lo e poder passar a corda em seu pescoço.

***

Na França, o capacete e o uniforme cáqui protegiam da lama e dos estilhaços de obus. Eram um orgulho, um reconhecimento entre os camaradas. Já nas estações de trem do Extremo Sul, vesti-lo em 1919 faz de você um alvo – caso sua pele seja negra. Longe das cantigas de Manhattan, o retorno é violento. "Para um reacionário, o uniforme vestido por um negro era como o pano vermelho agitado na frente do touro", constata o historiador Carter Woodson.[4] A nova ameaça representada pelos negros que lutaram longe do país intensifica as pulsões assassinas. Segundo os relatórios da NAACP, ataques contra afro-americanos de uniforme foram recenseados na maior parte dos estados do Sul, e até mesmo em Wyoming. A guerra não libertou os voluntários: reforçou a dominação da doutrina Jim Crow no país.

Ao voltar para o Sul, os soldados encontram mais um inimigo, também regenerado pelo conflito. Os membros da Ku Klux Klan, reforçados pelo sucesso popular do filme racista *O nascimento de uma nação* (1915), vivem um novo apogeu. Essa sociedade secreta mantém seu folclore macabro – capuzes brancos pontudos, cruzes queimadas – e recruta mais adeptos do que nunca. Dos comunistas aos imigrantes, seus alvos se tornam mais variados. Mas os soldados negros são seus bodes expiatórios favoritos.

Os linchamentos, que tinham diminuído um pouco no início dos anos 1910, voltam a aumentar depois da entrada dos Estados Unidos na guerra. Em 1918, 62 americanos são linchados, 58 deles negros. Teve quem percorresse centenas de quilômetros para observar ou participar do estrangulamento de uma mulher grávida seguido pelo pisoteamento de seu feto pela multidão; homens vivos também são queimados ou jogados de uma ponte com uma pedra amarrada no pescoço. Cartões-postais com as cenas mais sórdidas são vendidos como suvenires aos apreciadores desses massacres.

O primeiro ano de "paz", 1919, é o ano recorde dos linchamentos nos Estados Unidos: 83 mortos, 77 negros. Onze queimados vivos. Entre as vítimas, figuram ao menos dez veteranos do exército. Alguns ainda estão vestidos com seu uniforme no momento do "espetáculo". Em Sylvester (Georgia), o veterano Daniel Mack tinha se recusado a se submeter aos maus-tratos dos brancos fazendo valer o fato de ter lutado na França. Estava começando a cumprir uma pena de trinta dias de detenção por essa "arrogância" quando uma multidão veio tirá-lo da prisão e linchá-lo até a morte, ainda vestido com seu uniforme. Em Pine Bluff (Arkansas), outro ex-soldado se recusou a mudar de calçada por exigência de uma mulher branca. Um grupo de homens o levou para fora da cidade, o acorrentou a uma árvore e crivou seu corpo com quarenta tiros.

Além das fogueiras da KKK e dos assassinatos localizados, o verão de 1919 foi marcado por massacres cometidos em grandes cidades. Ao menos 38 ataques foram registrados contra comunidades negras no que ficou conhecido como "verão vermelho". Charleston, Norfolk, Omaha e Elaine tornam-se palco de combates de rua e expedições punitivas nos bairros operários onde se amontoam os negros vindos do Sul para trabalhar e os soldados que voltaram da guerra. Mais do que nunca, os negros se encontram em concorrência direta com a classe operária branca: no mesmo território, disputando os mesmos empregos e a mesma sopa. No dia 3 de julho, em Bisbee, no Arizona, os veteranos dos famosos Buffalo Soldiers, que vieram desfilar no Dia da Independência, são atacados pela polícia local. Washington também é posta de cabeça para baixo no fim do mês de julho por insurreições sangrentas que deixam quinze mortos (dez dos quais brancos) e cinquenta feridos graves.

Uma semana depois, é a vez de Chicago pegar fogo. Data: 27 de julho; local: as praias do Lago Michigan onde impera a linha de cor. De um lado da fronteira imaginária, os brancos; do outro, os negros. Quando um pequeno grupo destes entra na água do lado proibido, vira alvo de pedradas. Entre os banhistas, Eugene Williams, 17 anos, é atingido na cabeça. Perde a consciência e se afoga, sob o olhar cúmplice de um policial, testemunha da cena, que deixa os brancos fugirem e detém apenas uma testemunha negra. Como um rasto de pólvora, as tensões se espalham por bairros inteiros, num gigantesco combate de rua. Cinco regimentos da guarda nacional são enviados ao local. Cinco regimentos brancos. O "8º Illinois" – conhecido pelo nome de "370ª Infantaria" nas trincheiras da França – fica confinado no quartel. Durante seis dias, a cidade se transforma num teatro de guerra: 15 mortos, 193 feridos e 75 presos entre os brancos; 23 mortos, 365 feridos e 154 presos entre os negros.

Diante do verão vermelho, Woodrow Wilson desvia os olhos. Esse presidente viajante, que passa a maior parte do tempo na Europa entre dezembro de 1918 e junho de 1919, a fim de delinear os contornos da Liga das Nações, permanece passivo diante dos linchamentos e revoltas que incendeiam seu país. Não quer contrariar seus aliados do Sul. Precisa do apoio destes para levar a bom termo sua política econômica e reforçar sua posição de líder que quer entrar para a história.

O Congresso, aliás, se recusa a constituir uma Comissão sobre a questão racial proposta pelo Comitê Judiciário para investigar as causas das tensões raciais. Pelo contrário, deixando o caminho livre para as legislações locais dos estados "Jim Crow", ele estende o *apartheid* à própria capital federal, até então refúgio dos afro-americanos. A segregação se propaga aos bondes da cidade, desencoraja as instalações de empresas e ameaça o financiamento da Universidade Howard, a mais prestigiosa instituição da elite negra.

Em outubro de 1919, a revista afro-americana *The Challenge* denuncia a segregação do pós-guerra com um grito de desespero:

> Somos totalmente ignorados pelo presidente e pelos legisladores. Quando reclamamos nossa parte, aquela que cabe de direito a qualquer homem, eles exclamam: "insolentes!". Quando abatemos o baderneiro que veio queimar nossos bens e destruir nossas vidas, eles urram: "bolcheviques!". Quando um homem branco se coloca do nosso lado, armado da espada da retidão e da igualdade de tratamento, eles berram: "amiguinho dos pretos, bastardo!". Se levamos nossas queixas ao Congresso, eles as engavetam e as entregam às traças. Estamos abandonados, rejeitados, caluniados, acorrentados, lançados morro abaixo, em direção ao Calvário, na "terra da liberdade", na "pátria dos valentes".

A missão bélica dos soldados negros – com os Hellfighters na linha de frente – não teve, portanto, o efeito político esperado. Tendo em vista seus resultados a curto prazo, a experiência social da Grande Guerra, por mais violenta e trágica que tenha sido, parece ter sido um parêntese nas reivindicações cívicas. Mas por trás da fumaça do verão sangrento e das fogueiras da KKK se ergue um novo vento de revolta. Uma mudança de atitude. Esse simples olhar direto, olhos nos olhos, herdado da camaradagem com os *poilus*, modifica as condições sociais. Traz em si o germe de uma nova ordem das coisas. Um desafio à segregação que desperta o reflexo de autodefesa de uma casta branca que se sente ameaçada. Os rapazes do "Velho 15º", esses meninos perdidos que se tornaram Hellfighters, veem-se agora esquecidos numa outra terra de ninguém. Dentro de sua própria nação.

DESTINOS AMERICANOS

O OFICIAL MODELO aposentou suas armas. O coronel Hayward, retratado ao voltar da França como o protótipo do herói do exército americano, com sua grande estatura e seus olhos azuis-aço, está cansado das trincheiras. Contudo, quando volta a exercer a advocacia, não escolhe seus novos associados por acaso. Os capitães John Holley Clark e David L'Esperance trabalharão em equipe com ele, como quando avançavam juntos nos escombros fumegantes de Séchault.

O homem do Nebraska tinha deixado seu Centro-Oeste natal para conquistar Nova York, não a Alemanha. Reencontra com prazer os salões da alta sociedade da "Big Apple" e gravita, desde 1919, nos bastidores do poder. Nomeado promotor de justiça, torna-se um incansável caçador de gângsteres e faz questão de trabalhar com juristas negros de renome. "Big Bill" preside a convenção republicana do estado de Nova York em 1920 e figura entre os candidatos potenciais à prefeitura da cidade e ao governo do estado.

Mas o Cascavel não chegará a fazer campanha. Feliz esposo de Mae C. Plant, uma rica viúva proprietária de um belo imóvel na 5th Avenue, prefere se lançar em atividades mais divertidas que os conchavos políticos locais. Em 1926, participa de um ambicioso safári através da África com um grupo de sessenta aventureiros. Em 1929, muda de cenário e faz uma expedição ártica da qual volta acompanhado por vários ursos polares que se tornarão mascotes do zoológico de Nova York.

Entre viagens e atividades jurídicas, William Hayward dirige o Museu de História Natural, participa da criação da Liga Profissional de Futebol Americano, milita em defesa dos direitos sociais e contra a Ku Klux Klan até se ver envolvido numa nova batalha: contra o câncer, que o rói pouco a pouco e o condena a uma cadeira de rodas.

No dia 13 de outubro de 1944, o invencível Big Bill sucumbe à doença. O velório é feito a duas quadras de sua casa, na Igreja de Saint-Bartholomew de Manhattan, uma pequena joia de inspiração bizantina incrustada entre os edifícios. A igreja, completamente lotada, é protegida nesse dia por uma delegação composta de sessenta Cascavéis uniformizados, emocionados até as lágrimas com a morte de seu líder histórico.

***

O editor terminou o capítulo. Arthur Little entrega ao público, em 1936, sua epopeia francesa em *From Harlem to the Rhine* [Do Harlem ao Reno], uma narrativa que mistura um relato inédito das aventuras do 369º com os sentimentos de um forasteiro que se tornou, pela força dos acontecimentos, um respeitado líder de homens. Arthur Little desempenhou um papel de primeira ordem nas trincheiras da França; ele ficará marcado por toda a vida por seu ano de militar durante uma guerra que jamais teria imaginado tão cruel, tão abjeta.

Homem de múltiplas facetas, o nova-iorquino dá continuidade, ao voltar para os Estados Unidos, a seus projetos editoriais, especialmente como diretor da Knickerbocker Press, em Yonkers. Mas o elegante letrado mantém seu gosto pela aventura e pelas novas experiências. Compra um pedaço de terra em Cody, no Wyoming, aonde vai regularmente aproveitar o ar puro das grandes planícies enquanto se envolve na construção de um monumento a Buffalo Bill Cody, o célebre empreendedor de espetáculos equestres.

Alguns anos depois do fim da guerra, é designado para ir à França a fim de entregar em mãos condecorações americanas aos generais franceses Gouraud e Lebouc, e a outros oficiais envolvidos na formação e no comando dos Hellfighters.

Em sua querida cidade de Nova York, Little milita contra a segregação e recebe o título de prefeito honorário do Harlem. Seu nome chega a ser cogitado como candidato à prefeitura da cidade em 1929 e, posteriormente, como possível vice-presidente republicano em 1936 – mas sem sucesso.

Pai de dois filhos que seguem a carreira militar, casado cinco vezes, Little se envolve tanto com a União Nacional de Fazendeiros quanto com a Legião Americana e com a Filhos da Revolução Americana, uma prestigiosa organização patriota.

Doente desde o início dos anos 1940, morre em 18 de julho de 1943. Sua ligação com os Hellfighters é tão forte, seu envolvimento, tão apreciado, que o obituário publicado no *New York Times* o apresenta como comandante do 369º em lugar do coronel Hayward.

***

Um ancião de rosto enrugado, olhos apertados pelo tempo, assina da seguinte maneira suas últimas correspondências oficiais: "Na qualidade de último oficial branco ou negro sobrevivente do famoso 369º Regimento negro de infantaria da Primeira Guerra Mundial". Antes de se extinguir com a idade de 102 anos, em janeiro de 1991, Hamilton Fish se apresenta ainda, e acima de tudo, como um membro dos Cascavéis. O mais ambicioso dos jovens lobos do 369º será também seu último sobrevivente.

Entre o fim da Grande Guerra e suas últimas cartas, o vigoroso bloqueador da equipe de futebol americano de Harvard atravessou quase um século de política americana, participando das lutas pelo poder e tensões ideológicas mais emblemáticas. Esse incansável patriota, anticomunista feroz, fervoroso adepto da economia de mercado mais liberal, é eleito para o Congresso já em 1920 e se impõe, com o passar do tempo, como um dos mais tenazes adversários de Franklin Delano Roosevelt, o homem do *New Deal*, amigo de juventude que se tornou seu inimigo jurado.

A sombra do gigante Ham Fish paira sobre algumas decisões políticas históricas. É ele que permite o repatriamento, em Arlington, do "soldado americano desconhecido" após uma resolução deferida em 21 de dezembro de 1920. Também é ele que angaria apoio no Congresso para a Resolução Balfour, em 1922, que prevê a instauração na Palestina de uma nação judaica. É ainda ele que, em 1931, forma os primeiros comitês anticomunistas (chamados "Fish Committees"), precursores da célebre caça às bruxas do senador Joseph McCarthy lançada nos anos 1950. Finalmente, quando a Alemanha nazista se prepara para a guerra, ele se opõe mais uma vez a seu rival Roosevelt tentando, por todos os meios, evitar o confronto armado. Engajamento que o leva, em 1939, a uma polêmica turnê europeia, em que, após tomar chá com o ministro das Relações Exteriores do Reich, Joachim von Ribbentrop, num castelo dos arredores de Salzburg, viaja para o congresso internacional de Oslo no avião privado do alto funcionário nazista.

É claro que seu anticomunismo e suas maneiras orgulhosas de aristocrata *Wasp*[*] prejudicam suas relações com os líderes negros mais radicais. Mas o valente capitão das trincheiras permanece um aliado fiel dos veteranos negros em suas reivindicações. Pois, apesar de suas escapadas do regimento em 1918 – em função de suas ambições e de sua relação complicada com o coronel Hayward –, Ham Fish permanece por toda a vida um membro da equipe dos Hellfighters. Uma figura atípica, visto se tratar de alguém nascido no berço de ouro das grandes famílias da costa leste.

Chega até a obter a aprovação de um projeto de monumento ao 369º, mas este é anulado pela Comissão de Monumentos de Batalha. Em 1927, faz passar uma lei que prevê outro monumento, desta vez dedicado à 93ª Divisão, mas a lei não passa no Senado. Por três vezes (em 1922, 1937 e 1940) propõe leis destinadas a acabar com os linchamentos – projetos rejeitados a cada vez pelo Senado.

Durante toda a vida, Fish apreciará percorrer a América, em veículos de grande cilindrada, para participar de comemorações e reuniões

* Acrônimo para "Branco, Anglo-Saxão e Protestante" em inglês. [N.E.]

públicas em todo o território. Explicando sua longevidade pelo prazer de ver triunfar, nos anos 1980, a ideologia conservadora, o velho lutará contra a desativação da armaria do Harlem e a favor da memória dos veteranos do 369º até seu último suspiro.

***

O Haiti é um pedaço das Antilhas sob protetorado estadunidense desde 1915. Um pedaço de ilha ocupado pelos fuzileiros e administrado por uma alta comissão de ideologia racista. O novo legatário indicado em 1922 pelo presidente Warren Harding não é bem-vindo entre os administradores *yankees*. Trata-se de um veterano que vive dia e noite com o torso sustentado por um colete ortopédico. Lembrança da noite de 21 de outubro de 1918, durante a ofensiva de Meuse-Argonne: uma queda que teria sido fatal ao capitão se os homens do 365º Regimento não o tivessem socorrido logo, em meio a um intenso bombardeio alemão. Napoleon Bonaparte Marshall, o homem de confiança do coronel Hayward antes de sua transferência forçada pela AEF, se lança numa nova batalha. O advogado carismático será a sentinela negra do protetorado. Espera influenciar de dentro a política da ilha, militando corajosamente pelos direitos cívicos dos haitianos.

Além da cor da pele, seu pedigree não facilita sua tarefa em Porto Príncipe. Muito pelo contrário. Seu posto de administrador corresponde ao perfil de um homem jovem, francófono e habilidoso com a máquina de escrever. Napoleon, com 56 anos, tartamudeando o francês das trincheiras e catando milho em vez de datilografar, não se encaixa muito bem. Mas nem isso nem o salário de dois mil dólares por ano – com seu gabinete de advogado ele poderia ganhar trinta mil em Nova York – o desencorajam.

Como na França cinco anos antes, Napoleon está em missão. Suporta, dia após dia, as humilhações e os golpes baixos de seus colegas. Seu salário, amputado das gratificações que os brancos recebem, não basta para pagar seu tratamento. Mesmo assim não se queixa e vai tecendo relações com os haitianos progressistas que lutam pela independência – aqueles que Washington execra. Aguenta assim por seis anos: com o corpo dolorido o impedindo de ficar de pé muito tempo, sofrendo com o clima, revoltado com as modalidades da dominação americana que, evidentemente, não consegue inverter sozinho.

De volta a Nova York em 1928, Napoleon Bonaparte reabre seu gabinete de advocacia e se impõe como animador oficial do seletíssimo Harvard Club. Prossegue, sem maior alarde, as duas batalhas de sua vida: pelo Harlem e pelo Haiti, criando para tanto a Save Haiti League [Liga para Salvar o Haiti], destinada a favorecer o desenvolvimento da ilha e apoiar sua autodeterminação. Cada vez mais enfraquecido por seus ferimentos de guerra, agravados após ter sido atropelado por um carro, Napoleon morre em 2 de junho de 1933. Um ano depois, os fuzileiros deixam o Haiti.

***

Jim Europe acordou doente no dia 9 de maio de 1919. Os pulmões do maestro, prejudicados para sempre pelo ataque de gás que sofreu, são frágeis. Desde o grande desfile de 17 de fevereiro, ele e sua orquestra vivem na estrada, fazendo apresentação atrás de apresentação. Segundo seu médico pessoal, ele corre o risco de pegar uma pneumonia. Então está decidido: depois do concerto desta noite, Big Jim vai tirar duas semanas de descanso. Adepto de uma vida a mil por hora, o "Rei do Jazz", como é chamado agora, nunca foi tão popular e bem-sucedido quanto depois da guerra. Suas façanhas na França foram amplamente divulgadas pela imprensa, e seu estilo, aprimorado ao contato com o público e com as orquestras da Europa, está mais exuberante do que nunca.

Depois do sucesso de 16 de março na Oscar Hammerstein's Manhattan Opera House, a Europe Hellfighter's Band percorreu quase todo o nordeste dos Estados Unidos. O maestro garante o show todas as noites, e nunca deixa de pensar no futuro. Em Chicago, reencontrou Irene Castle, para chorar a memória do dançarino-piloto Vernon e planejar um memorial e um concerto de caridade no Madison Square Garden. Também acrescentou um quarteto vocal – The Harmony Kings – à orquestra que toca todas as noites com a plateia lotada. Uma turnê que exige sangue-frio e capacidade de adaptação. Como em Terre Haute (no estado de Indiana), quando o diretor do estabelecimento, intransigente quanto às regras de segregação, faz valer a linha de cor para o concerto de 21 de abril, a que apenas dois espectadores negros assistirão, separados do resto do público.

Nesta noite, em Boston, o programa foi modificado mais uma vez. A Opera House, onde tocariam, receberá em seu lugar Al Jolson, um artista originário da Lituânia e adepto da *black face* – aqueles espetáculos humorísticos racistas em que um ator branco pinta o rosto de preto para escarnecer dos negros. Ok. Big Jim e seus homens tocarão no Mechanics Hall, uma sala menos chique na Huntington Avenue.

Jim Europe se junta à orquestra no início da tarde, enquanto uma tempestade de chuva e vento assola a cidade. Entra no camarim – uma grande sala impessoal que mais parece um salão de conferência. Conversa sobre sua saúde com Noble Sissle. Talvez durante as duas semanas de descanso pudessem organizar uma turnê mundial... O primeiro concerto, no meio da tarde, ocorre sem problemas, embora desta vez a sala não esteja cheia. No público, encontra-se Al Jolson, o campeão da *black face* que lhes roubou a Opera House. Um jantar está previsto para antes do show da noite. Big Jim envia em seu lugar um dos cantores do Harmony Kings e vai descansar um pouco no seu espaçoso camarim. Não está se sentindo muito bem. As dez semanas de turnê fazem sentir seu peso no físico e no moral dos músicos.

Lá fora, a tempestade continua. Talvez o mau tempo desencoraje o público. Uma sala vazia é sempre uma decepção para Europe. O anúncio súbito de um encontro na manhã seguinte com o governador do Massachusetts para um concerto privado volta a animá-lo. Uma performance ao final da qual Big Jim terá a honra de depositar um buquê no monumento dedicado a Robert Gould Shaw, o herói que liderou o 54º Regimento de voluntários negros do Massachusetts durante a guerra civil.

A primeira parte do concerto noturno se passa tranquilamente. As canções se encadeiam bem. A acústica é razoável. Noble Sissle, que só entra em cena depois do entreato, lê tranquilamente os jornais instalado no grande camarim. Até que um músico o interrompe: "Tenente Sissle... o tenente Europe está pedindo para o senhor encontrar Herbert Wright e levá-lo para o palco. Está na hora do duo dele com Steve".

O impetuoso Herbert aprontou de novo. Esse percussionista é mesmo um causador de problemas. Devia estar no palco para o próximo número. São os "Gêmeos da Percussão" que fecham o primeiro ato. Siss sai à procura do músico fujão e o encontra deitado num banco do vestiário.

– Está se sentindo mal?

– Não, não estou doente.

– Então, o que está havendo? Por que não volta para o palco?

– ...

– Você sabe muito bem que agora é a hora de fazer seu número com o Steven...

– ...

Sissle, normalmente sereno e brincalhão, conhece as variações de humor do percussionista. Mas dessa vez o problema parece sério.

– O senhor sabe, tenente Sissle... Eu trabalho duro. E o Steve nunca faz as coisas direito. Ele comete erros, mas é sempre para mim que o tenente Europe olha atravessado.

– Que é isso, você é o baterista número um, e Jim conta com você mais do que com Steve. É você que mantém o compasso. Se o Jim franze as sobrancelhas na certa é para o Steve, não para você...

– Bom... Pelo senhor, tenente Sissle, vou voltar para o palco. Mas o senhor sabe que eu trabalho duro. E Jim não devia me olhar atravessado.

Depois do número dos "gêmeos" que acaba saindo na última hora, Jim Europe chama os dois bateristas para uma conversa no camarim, onde Siss retomou a leitura do jornal. Herbert ainda está com o tambor pendurado no pescoço. O maestro fecha a porta, senta à mesa e reflete.

– Então, Herbert... Você e o Steve sabem como estou doente. O médico diz que eu deveria ser até hospitalizado. Eu tento continuar para honrar nosso contrato, para que vocês sejam pagos e voltem para casa ou peguem umas férias. E vocês dois são os últimos que deveriam me causar problemas na orquestra. Sempre fui um pai para vocês. Sempre fiz tudo que pude para ajudá-los. E estou cansado dos problemas que vocês me causam.

Steve engole a bronca e se desculpa. Mas Herbert explode:

– Tenente Europe, o senhor me trata mal... Eu trabalho duro para o senhor. Olhe minhas mãos! Estão inchadas de tanto batucar... Além disso, Steve vive cometendo erros. E o senhor não diz nada para ele. O senhor me trata mal!

Nesse instante, antes que o maestro possa replicar, batem à porta. Os Harmony Kings – Horace Berry, Harold Browning, Exodus Drayton e Roland Hayes – entram por sua vez no camarim. Sissle sussurra no ouvido de Herbert palavras conciliadoras, pede a ele que deixe quieto, não faça escândalo e saia. Acompanha-o, com toda a calma possível, para fora da sala. Mas no momento de atravessar a porta, o percussionista dá meia-volta. Arranca o tambor do pescoço e o joga do outro lado do camarim. Tira o casaco e o joga também. Então saca uma faca e começa a gritar:

– Vou matar quem se aproveita de mim! Jim Europe, eu vou te matar!

Os cantores ficam consternados. Sissle se aproxima devagar do surtado. Europe, sem perder a compostura, segura uma cadeira para se proteger.

– Desarmem-no!

Embora continue ameaçado pelo músico, Jim Europe abaixa a cadeira a fim de acalmar a situação.

– Herbert. Saia daqui.

O músico se joga em direção a Europe e salta por cima da cadeira mirando seu rosto. O maestro, com sua compleição de atleta, o empurra contra a parede. Mesmo de costas, Herbert se esforça para atingir seu alvo e consegue fazer um pequeno corte no pescoço de Europe. Assim que se vê libertado, o agressor se encolhe, silencioso e tremelicante, num canto da sala. Sissle, que não viu que seu amigo foi atingido, repreende o baterista:

– O que que deu na sua cabeça? Tá louco?

O corte não parece nada sério – ainda mais em comparação com os ferimentos de guerra vistos na França, na carnificina das trincheiras. Mas em alguns segundos o sangue começa a jorrar aos borbotões. Um cantor aperta a ferida com uma toalha enquanto um policial que foi chamado subjuga o percussionista ensandecido. Jim Europe reúne todas as suas forças para ordenar a seus homens que deem continuidade ao show. Entrega a batuta a seu assistente, Felix Weir, e pede para os socorristas o levarem pela porta dos fundos, para que o público não fique sabendo o que aconteceu. Ainda se lembra de marcar um encontro com Sissle na manhã seguinte na casa do governador.

Depois do show, Sissle e dois dos Harmony Kings prestam depoimento na polícia antes de pegarem um táxi até o hospital municipal, para onde foi levado o maestro. Lá, um estagiário os informa que Big Jim está à espera de uma transfusão de sangue – um procedimento bastante recente naquela época, reservado aos casos graves. Parece que a equipe médica teve de esperar a chegada de um amigo negro para realizar a transfusão. O estagiário desaparece por alguns minutos. Depois volta, acompanhado por vários médicos e um capelão.

– Talvez possamos doar nosso sangue? – pergunta Sissle.

Tarde demais. O maestro está morto.

Na manhã seguinte, a orquestra dos Hellfighters obedece às ordens de seu finado maestro e toca diante do governador do Massachusetts.

O buquê de flores não decorará o monumento aos mortos da guerra civil e sim o caixão do "Rei do Jazz", que será carregado pelas ruas do Harlem diante de uma multidão reunida para o primeiro funeral público concedido a um homem negro em Nova York.

***

Siss está órfão. Em Boston, perdeu seu irmão de armas, seu amigo, seu mentor. O dândi de bigodinho fino não tem o espírito de liderança de Big Jim (cujo assassino pega quinze anos de prisão). Não é capaz de levar adiante a Hellfighters Band. Uma morte besta acabou com o maestro da banda marcial do 369º, mas resta uma missão a cumprir para honrar a memória de seu líder apunhalado: não deixar morrer o sonho que tanto sonharam juntos, inclusive no leito do hospital em Gizaucourt. Romper a linha de cor. Ganhar espaço na Broadway para a música dos negros.

Noble Sissle tem a seu favor a capacidade de pronunciar as letras com perfeição, uma voz anasalada e aguda, muito ritmo, uma postura de palco encantadora e uma silhueta esbelta de dândi que seduz como quem não quer nada. É a pessoa certa, portanto, para conseguir penetrar nas salas de espetáculo. E nada como um duo para fazer valer o estilo em jazz elaborado nas estradas da França. Quem melhor que Eubie Blake, o número dois de Big Jim, para acompanhá-lo? O pacto está selado. Depois de ter conquistado a França, eles triunfarão na Broadway.

As primeiras batalhas são limitadas pelos regulamentos do gênero *music-hall*. Um número "negro", no máximo, é tolerado no "Keith Circuit", a rede de teatros de *vaudeville* em que a dupla aposta para se infiltrar na cena "branca". Sob o nome de Dixie Duo, os dois veteranos apresentam suas armas, com um delicioso piano-voz, bem ritmado e sem caricatura. Seu hit "Gee I'm Glad I'm from Dixie" [Puxa, que bom que sou de Dixie] lhes garante uma reputação sólida. O suficiente para atrair uma dupla de produtores encontrados em 1920 durante uma noite de gala na Filadélfia. Flourney E. Miller e Aubrey Lyler farejam o potencial dos dois Hellfighters e lhes propõem que montem sua própria comédia musical. Uma cartada e tanto: mobilizar o público para uma comédia musical de jazz interpretada por negros, na Broadway... Aquilo era totalmente inédito.

Os dois confrades escrevem então uma divertida história, a de dois vigaristas que querem dividir os postos de prefeito e chefe de polícia de uma cidadezinha e que passam o tempo todo brigando. Uma maneira, acima de tudo, de dar livre fluxo a uma enxurrada de canções em ritmo de jazz que logo fará a fama do espetáculo, batizado de *Shuffle Along* [Dance conosco]. Na noite de estreia, contudo, os cantores ficam paralisados ao lado das saídas de emergência no momento em que Eubie lança a introdução de "Love Will Find a Way" [O amor encontrará uma maneira], a primeira história de amor entre negros tocada num palco... Ao final de alguns compassos, o tabu ali quebrado não provoca indignação. Pelo contrário, o público adora e pede bis. É o começo do sucesso. Em cartaz numa pequena sala da 63rd Street, *Shuffle Along* enche a casa todas as noites e acaba gerando engarrafamentos recorrentes nas ruas vizinhas. O espetáculo é representado 484 vezes, de 23 de maio de 1921 a 15 de julho de 1923. Depois, parte em turnê, e lança a carreira de algumas jovens vedetes como Josephine Baker, Florence Mills, Adelaide Hall e Paul Robenson. O hit "I'm Just Wild About Harry"

[Eu sou louco por Harry] chega a ser usado por Harry Truman em sua campanha presidencial.

Uma vez esgotado o conceito de *Shuffle Along*, Sissle e Blake imaginam novas estratégias. É com o nome de Chocolate Dandies que invadem, em 1925, os palcos mais reputados da Broadway. Logo se tornam celebridades internacionais, e é assim que os caminhos da dupla se separam. Blake quer tocar na América, enquanto Sissle, fascinado pela França e pela lembrança da acolhida recebida em 1918, deseja prolongar sua estadia na Europa. O dândi negro de voz encantadora cai nas graças dos apreciadores parisienses do jazz de Jim Europe. E constata que a semente vingou. A cena negra de Paris está em plena efervescência. Sissle é um dos primeiros a participar de filmes musicais e começa a escrever também para shows "brancos" – enquanto isso, o nome Chocolate Dandies se torna uma fórmula de sucesso e passa a ser usado por outras duplas do *music-hall*.

Assim como Jim Europe, Sissle não atua apenas sob os holofotes, mas também nos bastidores. É o fundador e primeiro presidente do Sindicato de Atores Negros e, desde 1922, um membro ativo da Sociedade Americana de Compositores, Autores e Editores (ASCAP). Uma vez Hellfighter, sempre Hellfighter: apresenta-se com frequência em bases e campos de treinamento do exército, e também atua como historiador do 369º, intervindo em programas de rádio e redigindo um manuscrito em que conta as aventuras do saudoso Jim Europe.

Popular na Broadway, mas também no Harlem, Siss sucede Bill "Bojangles" Robinson como prefeito não oficial do distrito em 1950. Durante seu mandato, promove as relações interreligiosas e intercomunitárias, assim como as trocas entre os diversos bairros da cidade. Autor, compositor, cantor, organizador de shows e DJ na rádio, Siss se torna uma verdadeira estrela. Em compensação, qualquer mancada do dândi logo vira assunto de fofoca. Dos divórcios conturbados à sua prisão por compra ilegal de álcool no Canadá, Siss é uma celebridade sobre a qual o público quer saber tudo.

Privado de qualquer recompensa por parte do exército americano, o músico polivalente recebe, em 1972, a prestigiosa medalha Ellington, outorgada pelo presidente da Universidade de Yale aos trinta maiores músicos afro-americanos. Morre na Flórida, com 86 anos, no dia 18 de dezembro de 1975. Seu funeral reúne a nata do mundo musical – Billy Taylor, Cab Calloway, seu parceiro Eubie Blake –, centenas de fãs e alguns antigos militares, entre os quais o fiel Hamilton Fish.

***

A pintura foi um refúgio para Horace Pippin durante o ano de guerra na França. De volta aos Estados Unidos, ela se tornará a terapia de uma vida inteira. Em primeiro lugar, para o seu restabelecimento físico. A bala que estropiou seu braço durante a ofensiva de Mesnil exige uma mudança drástica de técnica. Uma recuperação a golpes de pincel. Uma nova aprendizagem, um *know-how* muito especial para aquele que já era um artista mesmo sem formação acadêmica: segurando delicadamente o punho direito com a mão esquerda, ele o guia diante da tela com a precisão, a paciência e o sangue-frio de um atirador de elite.

James Horace Pippin nunca esquecerá o sofrimento da guerra. Nunca entenderá a violência dos homens – que são todos irmãos, como afirma a Bíblia. Deprimido e confuso, o discreto Pippin conclui *The End of the War: Starting Home* [O fim da guerra: começando em casa] em 1930, depois de três anos de trabalho e com a utilização de cem camadas de pintura superpostas. Esse quadro catártico, que figura por si só toda a tristeza da guerra, marca o início de um novo período.

Mas Pippin é um artista que não leva uma vida de artista. Permanece um homem da rua, continua morando em West Chester, recebe 22,50 dólares por mês como pensão por invalidez, canta num coral, ajuda a esposa a entregar a roupa que ela lava e faz mais alguns pequenos trabalhos. É à noite, à luz de uma lâmpada nua, em sua casinha de tijolos vermelhos, que Horace Pippin deixa seu coração falar através da pintura. Sempre à noite. Como nas incursões à terra de ninguém. Recordações que surgem como *flashes*, em ondas de angústia que reviram seu estômago e seu cérebro. Sob a influência delas, pinta, em 1935, *Shell Holes and Observation Balloon* [Crateras de bombas e balão de observação] – uma paisagem cinzenta da terra devastada da região de Champagne – e *Dogfight over the Trenches* [Combate aéreo nas trincheiras], tela em que aviões caem como moscas sobre trincheiras coloridas, com uma cruz em primeiro plano.

Mas Pippin não pinta só a guerra. Em seus cerca de 140 quadros conhecidos, encontramos também a escravidão, os enforcamentos, a América dos campos e das cidadezinhas populares, as cenas da vida cotidiana das famílias afro-americanas... É um documentarista delicado. Seus quadros figurativos misturam formas suaves e cores quentes. Porém, o preto, o cinza e o azul-escuro estão sempre presentes. Arte *naïf* [ou "arte primitiva moderna"], dizem, mas sobretudo instintiva e sensível. Pippin sabe controlar o traço, conduzido por suas duas mãos como uma oferenda.

Em 1937 expõe um dos quadros na vitrine de um sapateiro do bairro, e seu talento é descoberto por um galerista inspirado da Filadélfia, Robert Carlen. Suas telas chegam a fazer algum sucesso. Entre seus apreciadores, encontram-se inclusive algumas vedetes de Hollywood: John Garfield, Charles Laughton e Edward G. Robinson. Porém, apesar de algumas exposições significativas, Pippin permanece um artista ancorado no mundo real – e com pouco dinheiro. Tanto que, prevendo as vacas magras, Jennie continua sempre a trabalhar como lavadeira.

Em 1940, sua carreira de artista decola, mas sua vida pessoal naufraga. Jennie tem um surto e é internada num manicômio. A nova guerra mundial é um choque. Ele pinta *Mr. Prejudice* [Sr. Preconceito], um verdadeiro pôster que figura os perigos do racismo: a sombra da KKK, uma Estátua da Liberdade negra e um soldado da Primeira Guerra com o braço pendente: o próprio Pippin. O pintor teme por seu país, pressente uma tragédia bíblica, bebe e, pouco a pouco, vai deixando o mundo dos vivos. Morre em sua cama no dia 6 de julho de 1946, aos 58 anos, vítima de um ataque cardíaco fulminante. Suas telas estão expostas nos maiores museus americanos; seus diários de guerra foram escaneados, em 2006, pelos Arquivos de Arte Americana.

***

Dois corpos pendurados no banheiro. Newark, 18 de abril de 1949. Needham e Iola Roberts morrem juntos, com a garganta apertada por uma corda de varal. "É uma carta muito difícil de escrever. Needham e eu vamos partir juntos. É o melhor que podemos fazer. Ele é inocente de todas as acusações que lhe foram feitas", diz o bilhete deixado por Iola sobre a mesa da cozinha. Ela era a esposa do homem que não tinha nem 18 anos quando Henry Johnson o salvou, numa noite de maio de 1918, na Floresta de Argonne.

Ao voltar da guerra, gravemente ferido, o jovem soldado é festejado por algumas semanas. Participa inclusive de um desfile em sua homenagem, na Clinton Avenue, em Trenton, e faz uma breve turnê de conferências em Ohio, patrocinada pela YMCA, para contar de novo e de novo a noite heroica, mitificada, em que ele e Johnson mataram "quatro hunos" e puseram para correr vinte, trinta, uma horda deles.

De volta a Trenton, a vida muda. Seu corpo estropiado pela guerra o impede de retomar os trabalhos físicos daqueles que não estudaram. Nessa cidade segregacionista, as façanhas militares do jovem pai da pequena Juanita são ridicularizadas. Needham está aniquilado, perdeu todas as referências.

Em agosto de 1923, seu irmão mais velho, Norman, mata a esposa em casa quando ela se preparava para pedir o divórcio; em seguida morre nas mãos da polícia. Alguns dias depois, Needham ingere cloreto de mercúrio. Mas nem a morte quer saber dele.

Desesperado, o Cascavel enfia seu uniforme militar e sai andando pela cidade, o que lhe vale ser preso. Luta contra seus demônios, com seu corpo enfraquecido, remendado por meio de alguns pedaços de ferragem, vivendo dos cinquenta dólares mensais de sua pensão. Detido por agressão sexual, volta à cadeia em 1928.

Ao sair da prisão, a família se muda para Newark. O jovem veterano tenta recuperar a noite heroica em seu favor, mesmo que, para tanto, tenha que dar uma exagerada no roteiro, a fim de ganhar alguns trocados e, quem sabe, encontrar um emprego estável. Cansado, Needham trabalha por algum tempo como carteiro e, em seguida, como engenheiro de som numa rádio local. Mas os fantasmas da guerra continuam a assombrá-lo. Só é herói um dia por ano, a cada 11 de novembro, tirado da gaveta como um fantoche velho para ser exibido durante as celebrações do armistício e logo guardado de novo.

Quando o novo conflito mundial explode, Needham Roberts é convidado à rádio, como outras figuras da Primeira Guerra, para contar mais uma vez sua aventura na França. Para forçar o destino e tentar um novo começo, troca seu nome para Neodam. É sob essa identidade que o veterano das trincheiras é novamente detido, em 1949, quando uma menina alega ter sido importunada por ele durante uma sessão de cinema. Needham-Neodam é liberado sob fiança no fim da tarde. No meio da noite, depois de uma longa conversa com sua esposa Iola, os dois vão para o banheiro e se enforcam.

***

Os cinco mil espectadores do St. Louis Coliseum só têm olhos para ele. Todos esperam o ponto alto do espetáculo enquanto políticos, com seus discursos idealizados sobre a fraternidade entre negros e brancos nas trincheiras, se sucedem no palco. Os fãs querem Henry Johnson, mais conhecido como "Morte Negra". Nesse dia 28 de março de 1919, um mês após o grande desfile de Nova York, a multidão se amontoa para ouvir de sua boca, mais uma vez, como ele chutou a bunda daquele bando de alemães.

Desde que retornou, Henry Johnson se tornou uma espécie de personagem de história em quadrinhos. Entrevista atrás de entrevista, discurso atrás de discurso, ele é o símbolo de uma das façanhas mais impressionantes da Grande Guerra. A publicidade dos selos vendidos a fim de arrecadar dinheiro para o exército americano diz assim: "Henry Johnson fez vinte alemães lamberem o chão – e você, quantos selos promocionais é capaz de lamber?" . Toma essa, Tio Sam! O pequeno carregador de malas está sempre posando. Querem tocá-lo, rir com ele, ouvi-lo contar como matou um homem abrindo-o em dois pedaços com uma facada. Johnson já não pertence a si mesmo. É sua lenda, romanceada, exagerada, recauchutada, que ele simboliza, como um homem-sanduíche. O rapazinho discreto e pobretão, aleijado para o resto da vida, é um dos veteranos mais cortejados do país. Chegam até a lhe falar num filme em Hollywood, com ele representando seu próprio papel. Prometem uma rua com seu nome, uma casa construída especialmente para ele. Vários impostores são desmascarados tentando se passar por ele, até mesmo antes de sua volta ao país.

O St. Louis Coliseum vibra de impaciência. Johnson se atrasa esperando receber adiantado o pagamento de 1.500 dólares que lhe foi prometido. Então se aproxima do microfone arrastando a perna. Faz um ano que cada movimento lhe causa grande dor. O exército não tem piedade de seus heróis negros: em seu dossiê médico está indicada uma invalidez de 0%, o que o impede de receber a merecida pensão. A grana embolsada nesta noite vai dar para viver alguns meses. Ele sorri, brinca um pouco, banca a vedete, mas está exausto.

Cola a boca ao microfone. A multidão grita e bate palmas. Só que hoje, pela primeira vez, Henry Johnson não vai jogar o jogo. Chega de besteiras. Vai dizer a verdade. Estragar a festa.

Entre piadas e reivindicações cívicas profundas, o carregador de malas desmonta, um a um, os argumentos de seus predecessores no palco. Conta a epopeia dos Hellfighters do seu próprio ponto de vista. Denuncia as aberrações da AEF e revela como os soldados brancos americanos se recusavam a combater ao lado dos negros. São os brancos os covardes. Cita de memória a frase ouvida da boca de oficiais brancos: "Mandem os negros para a frente de combate e não haverá mais tantos em Nova York". Também se inflama ao falar da falta de reconhecimento aos negros nos Estados Unidos. "Se eu fosse branco, já seria governador de Nova York", diz em tom de zombaria. Johnson fala com suas próprias palavras, palavras mais poderosas que sua famosa *bolo knife*. Palavras que fazem os soldados brancos e uma parte do público irem embora furiosos, enquanto o resto da multidão vibra com ele, bebe suas palavras, e o carrega triunfalmente quando termina seu discurso. Nesse dia 28 de março de 1919, o soldado Johnson sacrificou seu estatuto de herói e abraçou a causa do combate racial.

De volta ao hotel, um punhado de soldados brancos sai à sua caça. Batem em todas as portas. Johnson abre, já sem uniforme. "O sargento Johnson não está", diz ele. E escapa por milagre antes de deixar o Missouri discretamente a bordo do trem noturno com destino a Albany.

O Departamento de Guerra evidentemente tinha seus espiões no St. Louis Coliseum. A turnê de promoção é cancelada na mesma hora. O herói não é mais bem-vindo. É intimado a se calar e voltar ao anonimato.

O jovem veterano tem um único ponto de referência, um único porto onde atracar: a estação de Albany. Volta então a vestir seu uniforme... de carregador de malas. Mas com uma perna detonada, segurada por placas de ferro, sustentando um corpo destruído, as malas dos viajantes parecem cheias de chumbo.

A decadência da estrela do regimento é inexorável. Ele é posto para fora de casa pela esposa, Edna. Não aparece muito mais na estação. Vai se abandonando pouco a pouco e acaba parando na rua. Uma vida de vagabundo, de miséria e de álcool. Henry é um velho militar que ainda não tem nem 30 anos. Alguém entregue a si mesmo num país que afunda na crise econômica. Durante dez anos, aquele que esteve nas manchetes de todos os jornais, o vencedor dos alemães, desaparece na mais completa obscuridade.

Só reaparece nas manchetes no dia 10 de julho de 1929, quando o *Amsterdam News* noticia sua morte: "O toque fúnebre soa para H. Johnson, o maior dos heróis da Guerra Mundial". "Morte Negra" morreu sozinho num hospital de Washington D.C., a capital dos Estados Unidos da América. Seu corpo será enterrado no cemitério militar de Arlington, sem muita pompa, sem que sua família nem seus companheiros de combate sejam avisados pelo exército. O relatório médico-legal estabelece que a causa da morte de Henry Johnson foi uma miocardite. O coração do herói era grande demais. Um problema que pode ter sido provocado tanto pela vida nas trincheiras da França quanto pela existência na miserável terra de ninguém da América dos esquecidos.

EPÍLOGO

UMA MULHER NEGRA de uniforme camuflado surge nos escombros ainda fumegantes do World Trade Center. A cascavel não está mais costurada em sua manga, substituída por dois álamos, mas os Hellfighters continuam em ação. A coronel Stephanie Dawson oferece seus braços aos sobreviventes desvairados, cuida das feridas abertas de sua cidade. Com ela, o 369º figura entre as primeiras unidades convocadas, em 11 de setembro de 2001, ao local do ataque terrorista que fez Manhattan desaparecer numa nuvem de poeira.

O 369º sobreviveu. Continua de pé um século depois do desfile com cabos de vassoura nas ruas do Harlem. Foi sucessivamente renomeado Artilharia Costeira 369º, Batalhão de Artilharia Antiaérea 369º, Batalhão de Transporte 569º, Brigada de Sustentação 369º e vários outros nomes. Teve também seu quinhão de humilhações, de exclusões, de ataques fratricidas nos campos da América.

O regimento participou da segurança de Pearl Harbour, da Guerra da Coreia e das operações nas areias do Iraque.

O 369º mudou. O clube exclusivamente negro, finalmente dirigido por um líder negro a partir de 1938, se abriu nos anos 1950 a soldados brancos, que logo se tornaram majoritários. Em 1968, é na

5th Avenue, e não mais no Harlem, que desfilam os Hellfighters, que perderam seu poder de atração, apesar de manterem seu papel social e de solidariedade sempre fundamental no bairro. Em plena crise da Guerra do Vietnã, a voz dos pacifistas e dos tribunos políticos ressoa mais alto que as injunções dos oficiais subalternos. Martin Luther King e Angela Davis são os heróis da causa negra, do Harlem a Chicago. O poder simbólico das jaquetas de couro e das cabeleiras *black power* supera o dos uniformes estampados com a cascavel.

Especializado em transporte e logística, o regimento se desloca ao sabor dos terrenos de operação, mas sem nunca esquecer Nova York. Seja no ataque às torres gêmeas, seja durante o furacão Sandy, que devastou a cidade em 2012.

No Harlem, o Corpo Auxiliar de Mulheres, a Associação dos Veteranos e a Sociedade Histórica continuam atestando o passado militante dos Hellfighters.

A armaria construída por Vertner Tandy está hoje em obras. O imponente prédio de base em estilo medieval e ornamentos *art déco*, às margens do Rio Harlem, logo será o lar renovado de um regimento em eterna mudança. Enquanto isso, as últimas relíquias da história dos Cascavéis foram espalhadas pelos depósitos de todos os bairros da cidade. Fotos amareladas do coronel Hayward e do grande desfile de 17 de fevereiro de 1919, suvenires trazidos pelos soldados, cartas e duas bandeiras: a dos Estados Unidos e a dos Cascavéis, trazida da França com a Cruz de Guerra presa perto do mastro.

Do outro lado do oceano, as trincheiras da França foram fechadas, a grama cresce novamente, o solo mortificado por duas guerras mundiais num só século não é mais uma terra de violência. Mas a outra frente de combate permanece aberta. A batalha dos Cascavéis contra a discriminação continua, nas ruas de Nova York e por toda parte. O slogan *Black Lives Matter*, "vidas negras importam", gritado por manifestantes atuais, não teria sido renegado pelos rapazes do "Velho 15º". Pippin, Johnson, Cotton, Sissle, Europe, Poles, Marshall e os outros. Cem anos depois de sua epopeia francesa, a luta continua.

NOTAS

O DESEMBARQUE

P.23

[1] SCOTT, Emmett J. *The American Negro in World War I* [O negro americano na Primeira Guerra Mundial], Nova York: Arno Press, 1969.

OS SOLDADOS DO JAZZ

P.51

[1] BADGER, Reid. *A Life in Ragtime: A Biography of James Reese Europe*, Oxford University Press, 1995, p. 142.

BEM-VINDOS ENTRE OS *POILUS*

P.57

[1] LITTLE, Arthur. *From Harlem to the Rhine* [Do Harlem ao Reno], Nova York: Covici Friede, 1936, p. 146.

COMO RATOS

P.72

[1] SISSLE, Noble. "Memoirs of Lieutenant 'Jim' Europe" (manuscrito inédito), 1942, p. 156-164.

A OUTRA BATALHA

P.132

[1] Ver o trabalho de Benjamin Doizelet, chefe dos arquivos iconográficos do Serviço Histórico da Defesa, especialmente "L'intégration des soldats noirs américains de la 93e division d'infanterie dans l'armée française en 1918" [A integração dos soldados negros americanos da 93ª Divisão de Infantaria no exército francês em 1918], in *Revue historique des armées*, n. 265, 2011.

UMA ESTAÇÃO VERMELHO-SANGUE

P.174

[1] Ver sua contribuição ao livro de Emmett J. Scott, *The American Negro in the World War.*

P.175

[2] PROCTOR. H. H. *Between Black and White* [Entre branco e preto], 1925, p. 164, citado por BARBEAU e FLORETTE. *The Unknown Soldiers: Black American Troops in World War I* [Os soldados desconhecidos: tropas negras americanas na Primeira Guerra Mundial], Philadelphia, Temple University Press, [1974] 1996, p. 166.

P.176

[3] Citado por FLORETTE e BARBEAU, *The Unknown Soldiers*, p. 168.

P.177

[4] WOODSON, Carter Godwin. *The Negro in our history* [O negro em nossa história], Washington D.C., Associated Publishers, 1922, p. 528.

AGRADECIMENTOS

EU GOSTARIA DE AGRADECER especialmente a Caroline Wekselbaum por seus preciosos conselhos, sua amigável cooperação com este projeto francês e por ter me dado acesso ao volumoso "dossiê" Henry Johnson, preparado com a equipe do senador Charles Schumer. Também agradeço a meus outros interlocutores americanos, principalmente Joe DioGuardi e o general Nathaniel James, assim como à equipe do Schomburg Center do Harlem.

Um grande obrigado a Benjamin Doizelet, do Serviço Histórico da Defesa, por seu apoio e por ter partilhado comigo seu notável trabalho de pesquisa universitária; assim como a Curtis Robert Young, criador do projeto "Quando o povo do blues cantava a América na França", por seu envolvimento apaixonado neste projeto.

Obrigado a Nathalie Riché e Maëva Duclos, das edições Taillandier, por seu acompanhamento constante, dos inícios do trabalho até o ponto final.

Obrigado, é claro, a Philippe Broussard, por sua benevolência e seu indefectível apoio.

Obrigado aos colegas, camaradas e membros da equipe que me permitiram conceder o tempo necessário a este livro, que me obrigou por vezes a deixar de lado outras missões.

Obrigado a Sophie por sua infinita paciência e seus encorajamentos diários. E a Lorenzo por seu entusiasmo e sua energia comunicativa.

BIBLIOGRAFIA E FILMOGRAFIA

A FIGHTING force, African-American in the Military [Uma força de combate, afro-americanos nas forças armadas], The History Channel, A&E Home video, 2008.

ASTOR, Gerald. *The Right to Fight: A History of African-American in the Military* [O direito de lutar: uma história dos afro-americanos nas forças armadas], Novato: Presidio Press, 1998.

BADGER, Reid. *A Life in Ragtime: A Biography of James Reese Europe* [Uma vida no *ragtime*: uma biografia de James Reese Europe], Nova York: Oxford University Press, 1995.

BARBEAU, Arthur E.; FLORETTE, Henri. *The Unknown Soldiers: Black American Troops in World War I* [Os soldados desconhecidos: tropas negras americanas na Primeira Guerra Mundial], Philadelphia, Temple University Press, [1974], 1996.

BERNARD, Gilles; BESNARD, Pierre. « Les combattants noirs américains de la Première Guerre mondiale, 1917-1918 » [Os combatentes negros americanos da Primeira Guerra Mundial, 1917-1918], *Militaria*, n. 118, maio 1995.

BONNEFOI, Nadine. « L'entrée en guerre des États-Unis en 1917» [A entrada na guerra dos Estados Unidos em 1917], *Les Chemins de la Mémoire*, n. 168, jan. 2007.

BROOKS, Max. Ilustrado por WHITE, Caanan. *The Harlem Hellfighters* [Os *Hellfighters* do Harlem], Nova York: Broadway Books, 2014.

COOPER, Michael L. *Hell Fighters*, Nova York: Dutton Juvenile, 1997.

DOIZELET, Benjamin. « L'intégration des soldats noirs américains de la 93e division d'infanterie dans l'armée française en 1918 » [A integração dos soldados negros americanos da 93ª Divisão de Infantaria no exército francês em 1918], *Revue historique des armées*, 265, 2011.

DU BOIS, W. E. B. "An Essay towards the History of the Black Man in the Great War" [Um ensaio sobre a história do homem negro na grande Guerra], *Crisis*, jun. 1919.

FARWELL, Byron. *Over There: The United States in the Great War, 1917-1918* [Lá do outro lado: os Estados Unidos na Grande Guerra, 1917-1918], Nova York: W.W. Norton & Company, 1999.

FISH, Hamilton. *Memoir of an American Patriot* [Memórias de um patriota americano], Washington DC: Regnery Gateway, 1991.

HARLEM Hellfighters, Fischer/Merlis Television, The History Channel, 1997.

HARRIS, Bill. *The Hellfighters of Harlem: African-American Soldiers who Fought for the Right to Fight for Their Country* [Os *Hellfighters* do Harlem: soldados afro-americanos que lutaram pelo direito de lutar por seu país], Nova York: Carroll and Graf, 2002.

HARRIS, Stephen L. *Harlem's Hellfighters: The African-American 369th Infantry in World War I* [Os *Hellfighters* do Harlem: o regimento afro-americano 369 na Primeira Guerra Mundial], Washington DC: Brassey's, 2003.

KASPI, André. *Les Américains, 1. Naissance et essor des États-Unis, 1607-1945* [Os americanos, 1. Nascimento e desenvolvimento dos Estados Unidos, 1607-1945], Paris: Seuil, 1986.

KENNEDY, David. *Over here: The First World War and the American Society* [Por aqui: a Primeira Guerra Mundial e a sociedade americana], Nova York: Oxford University Press, 1980.

LENTZ-SMITH, Adriane. *Freedom Struggle: African Americans and World War I* [Luta pela liberdade: afro-americanos e a Primeira Guerra Mundial], Cambridge: Harvard University Press, 2009.

JAMES Reese Europe featuring Noble Sissle, IAJRC Records, 1996.

LITTLE. Arthur W. *From Harlem to the Rhine* [Do Harlem ao Reno], Nova York: Covici Friede, 1936.

MAY, Stephen. "Horace Pippin, World War I Veteran and Artist" [Horace Pippin, veterano da Primeira Guerra Mundial e artista], *Military History*, 1998.

MEN of Bronze: The Black American Heroes of World War I [Homens de bronze: os heróis negros americanos da Primeira Guerra Mundial], dirigido por William Miles, 1977.

MYERS, Walter Dean; MILES, Bill. *The Harlem Hellfighters, When Pride Meets Courage* [Os *Hellfighters* do Harlem, quando o orgulho se junta à coragem], Nova York: Amistad, 2006.

NATIONAL archives and records administration (Washington): arquivos variados (ordens de batalhas, relatórios de operações...).

NDIAYE, Pap. *Les Noirs américains. En marche pour l'égalité* [Os negros americanos. Em marcha pela igualdade], Paris: Gallimard, 2009.

NELSON, Peter. *A More Unbending Battle: The Harlem Hellfighters' Struggle for Freedom in WWI and Equality at Home* [Uma batalha ainda mais dura: a luta dos *Hellfighters* do Harlem pela liberdade na Primeira Guerra Mundial e igualdade em casa], Nova York: Basic Civitas, 2009.

SCOTT, Emmett Jay. *Scott's Official History of the American Negro in the World War* [A história oficial de Scott do negro americano na Guerra Mundial], Chicago: Homewood, 1919.

SERVICE historique de l'Armée de terre (Vincennes): arquivos variados (circulares, telegramas, ordens gerais, diários oficiais de machas...)

SISSLE, Noble Lee, "Memoirs of Lieutenant Jim Europe" [Memórias do tenente Jim Europe], Biblioteca do Congresso, divisão de manuscritos.

SLOTKIN, Richard. *Lost Battalions: The Great War and the Crisis of American Nationality* [Batalhões perdidos: A Grande Guerra e a crise da nacionalidade americana], Nova York: Henry Holt, 2005.

STEIN, Judith. *I Tell my Heart: The Art of Horace Pippin* [Deixo meu coração falar: a arte de Horace Pippin], Nova York: Pennsylvania Academy of Fine Arts, 1993.

STOVAL, Tyler. "The color line behind the lines: racial violence in France during the Great war" [A linha de cor atrás das linhas: violência racial na França durante a Grande Guerra], *American History Review 103*, n. 3, jun. 1998.

WILLIAMS, Chad. *Torchbearers of Democracy: African American Soldiers in the World War I Era* [Bastiões da democracia: soldados afro-americanos na época da Primeira Guerra Mundial], Chapel Hill: University of North Carolina Press, 2010.

WOODSON, Carter Godwin. *Negro in our History* [O negro em nossa história], Washington D.C.: Associated Publishers, 1922.

Este livro foi composto com tipografia Adobe Garamond Pro e
impresso em papel Off-White 90 g/m² na Assahi.